静雪与呼吸

JINGXUEYUHUXI

成志达 著

敦煌文艺出版社

图书在版编目（CIP）数据

静雪与呼吸 / 成志达著. -- 兰州：敦煌文艺出版社，2020.6（2021.8重印）
ISBN 978-7-5468-1862-7

Ⅰ．①静… Ⅱ．①成… Ⅲ．①散文集－中国－当代 Ⅳ．①I267

中国版本图书馆CIP数据核字（2020）第023814号

静雪与呼吸
成志达　著

责任编辑：尚再宗
封面题字：叶　舟
封面绘画：李　川
版式设计：孟孜铭

敦煌文艺出版社出版、发行
地址：（730030）曹家巷1号新闻出版大厦
邮箱：dunhuangwenyi1958@163.com
0931-8159371（编辑部）
0931-8773112　0931-8120135（发行部）

三河市嵩川印刷有限公司印刷
开本 880 毫米×1230 毫米　1/32　印张5.875　插页1　字数137千
2020年12月第1版　2021年8月第2次印刷
印数：1501～3500册

ISBN 978-7-5468-1862-7
定价：36.00元

如发现印装质量问题，影响阅读，请与出版社联系调换。

本书所有内容经作者同意授权，并许可使用。
未经同意，不得以任何形式复制转载。

目录

静雪篇

风过村庄	003
凄艳终不过一肠柔情	007
书中人	010
一抔月光	015
有雨的心事	018
再读《小王子》	022
集市上的广场舞	027
麦香	030
绿皮车里的慢时光	033
城市乡村,我们都有了距离	036
安定的春天	041
年味道	044
诗域之境	047
我的外爷外奶	050
秋天老了	054
裁风画雨诗微凉	057
陇南,低处的光	060

三叔的唢呐	063
斜阳里层寒密密	067
绕着黄河的臂膀	071
春风絮语	076

呼吸篇

明月夜	081
在风中	083
水鸟离开水面	085
沉默之梦	087
七月	088
深夜，虫鸣	090
说风散了	091
今夜	093
只要愿意	094
孕育	095
深藏的轻柔	097
秋日印记	099
滴雨之忆	101
在天池	103
鲫鱼山	104
那年，定西	105
忧伤	106
关于春天	107

低语	108
想法	109
残本《红楼梦》	110
给远方的自己（其一）	112
给远方的自己（其二）	113
滴雨下	114
秋天能说秘密	116
小鱼儿	118
蝉鸣	119
月亮躲在屋后……	120
在鸳鸯镇	121
多年后	122
黄鹂心事	123
写在蚂蚁醒来的门口	124
寒夜短歌	125
深夜灯光清醒	126
夜色下我写不出月的歌	127
敦煌歌吟	129
她	131
城霓	133
一条鱼儿走了	135
一座城里	136
流浪的词语	137
三月	138
落雪有声	139

子卿（其一）	140
子卿（其二）	141
秋夜风微澜	142
走在雨天	144
一颗星不为黑夜所知	146
四月，断章	147
纸上还乡	148
五月，我们终以我们	149
默念	152
温柔里的歌	153
秘密	155
在春时	156
在丽江	160
古城深处	162
弦上无声	164
你的马	165
写给爷爷	167
四月的流觞——桃花劫	170
爱情的样子	172
想说好多……	173
春天第一首诗歌	175
距离	176
桃	178

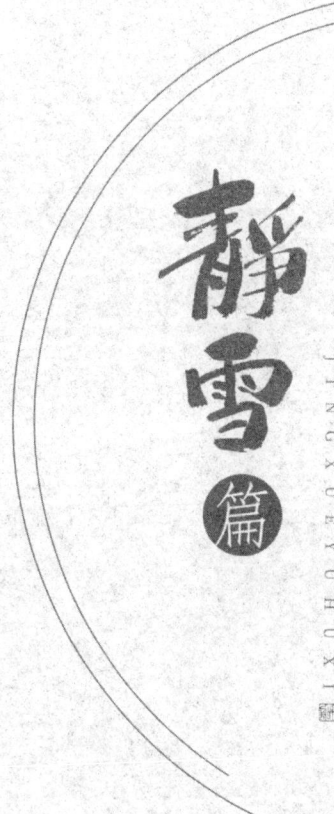

静雪篇

JINGXUEYUHUXI

·静雪篇·

风过村庄

　　风在树梢上小憩，在路径上停留。掠过村庄的风里，有新割了一茬绿草的清香、有鞭子下一头驴的脾气，也还有羊的咩叫、鸡鸟的鸣吟。城市天空下，我时常记起家乡的风，那风里弥漫着母亲灶台里燃起的炊烟，以及父亲罐罐茶飘散的清香。

　　在乡下，偶尔清晨，我会站在门前的核桃树下，哪一声鸟叫来自谁家的屋顶，哪一声狗叫属于谁家我都不会判断错误，且能一一说出。儿时的村庄，热闹。从早到晚，都是孩子们追逐嬉戏的声音。若说谁家田里的玉米和土豆少了，那无不是被放驴的我们给烧着吃了。乘着夕阳，我们在驴背或是牛背上摇着柳枝回家，想起来都是久远的记忆了。而现在，有条件的孩子早已去了城里上学，更小的也都宁愿在幼儿园里嬉戏，也不会再和一头驴或是几只羊待在一起度过一天。

　　记不清从何时起我不再细细地看村庄了，只知道现在我和那些走在他乡的游子们一样。不会抬头看天空，也不会傍晚对着夕阳，喊一声回家。田间地头我也很少再去徘徊。以往没觉得我的村庄多么孤独,当站在田野间,村庄比以前真的孤独了。我将近站了一个多小时,没人从我身旁走过,更别说遇见一个像我一样的年轻人,彼此照面打声招呼。

在秋天,我明显地感觉到了季节的分量,沉甸甸的。在小路上慢慢走静静看,一个关于村庄的秘密早已在风里散出了声音。

家门口延伸的路分了好多岔,但从每一条岔路上走去,总会走到自家的田地里。农人,在田地与家之间的路上不停地奔忙。农人们的使命,好像就是把属于自己的一生,勤勤恳恳地都交付给土地,直到连同自己。把自己的一生都毫不保留地奉献给用土夯成的那个家。把土地照顾好把家安顿好,他们的脸上才会舒展开一丝丝久违的笑意。

父亲说趁着我在家,想把山里面那些长势很差的胡麻运回来,由于家里作物不多,所以我们九点多才出发。农忙时节这样迟去田地里是会遭别人骂的。作为农人不能懒,人一懒地里的柴草都会和你作对。

父亲是个勤快人,只是现在不像以前那样急了,因为家里作物毕竟不多。我常说在这个十年九旱的地方种地就是赌博,当然父亲今年的这场赌博是输了。背胡麻时,父亲说今年的胡麻除过人力,化肥钱都挣不出来,运回家的胡麻只能做柴烧。我建议就地烧掉,父亲瞪了一眼道:"庄稼今年都不成,也没见哪家烧在了地里,几辈人的生活都是这样过来的,到了你们这一辈还得这样。"父亲和以前一样,尽管不再侍弄太多的庄稼了,但是那种对耕作的方式从没变过,哪怕作物没有果实。良莠不齐的胡麻里果实无多,拉回去,是必须要做的。也还把那些散落在田地里的胡麻秆拾捡了起来。有些明闪闪没法捡的种子,早已经被天空的鸟们预定了一样。我们还没离开田地,那些鸟早已喳喳地在啄食一粒粒散落在地里的果实了。小脑袋们一点一点的,很满意的样子。

一车胡麻,要绕上很多曲曲折折的路才能走上稍微平坦点的大路,停下来休息时,风会轻轻舔干我们脸颊上的汗水,让人浑身都是舒服的感觉。之前我没见到的人在山里我都一一认了出来,那是张家的三爷、那是王家的大伯。他们都在自家的田地里,挽着裤腿和袖子,一把一把地将作物捏到手里,集中一起再捆好。远处地里一座小土丘上还飘动着纸幡,地下躺着新逝的亡人。父亲说杜家的你二爷已经被埋到了地里。他和我的奶奶一样,埋的地方都是身前自己看好的地方。奶奶苦下的庄稼有一部分还没吃完,杜家二爷那一棵手植在我家附近的杏子,还能再吃上几年,只是那个架在高空属于他自己的大喇叭,再不会吼出我和父亲都喜欢的秦腔了。哪怕一年四季的风使劲地在喇叭口处碰它,它也不会再响了,喇叭即使还有力气,也没有人会动让它去响的心思。

乡下的季节,是靠着风来到村庄的,不一样的季节,村庄里的人就会开始忙不同的活。

拉着一车胡麻回家,拉着属于我们的果实,明确说是父亲的果实。路过的每一块田地里,都有一到两个蹲着或跪着的身影,只是我没有看见以前的那些老人,更没看见像我一样的青年,他们都是和我父母一样的人。叶子一天天开始黄落,我知道那些远去的人要在冬天迎着风,才会从庄口进来,带着将近一年的忙碌,带着日夜的思念。只是这会我来得比他们稍早了一些。

风吹着,田地还是那块田地。过上多年,某天我拿着一把爷爷用过的铁锹走过麦地走过洋芋地。那时也会有风,风说不定会指着南边的苞谷地,那一块地是我曾经和奶奶上过粪的地。

风和村庄,一开始是没有村庄的,村是父亲的村,父亲大了家人给说了一桩媒,和母亲结婚后靠着自己的身躯杵一个庄,我和姐姐,像别人家的孩子一样,也出生在了泥土房里。庄是母亲的。村庄就是家的港湾,可是现在守着村庄的不是我们而是我们的父母。

风掠过村庄,我在风里说不出一句话来。在秋天,我只能面对着风,想一想我的父亲,想一想我的母亲,可更多的时候我不敢长久地看他们,时间的风把父母的头发吹白了,在经意与不经意,一缕缕白发会让人心里隐隐生疼。

我在乡间的路上,我在家里的核桃树下。我要通过这一条小路顶着这一缕风,才能开始远行。曲曲折折的路上我记着村庄,惦念着村庄,梦里,有时候会是田地里挖萝卜的场景,格外真实。

接受这风,依然吹着这里的泥土,大地上的每个生灵都在这风里,过着属于自己的每一天。尽管清楚走远的人还会回来,但少年已不再是少年。

·静雪篇·

凄艳终不过一肠柔情

　　碎步慢移把自己演成真虞姬,入幕的你娇媚透尽,恨不能将万种风情,都付于眼前霸王;谢幕,温情缱绻,苦不能把一生爱慕,全奉给身旁兄长。你只愿同他,一起唱一辈子戏。像你说的差一年、一个月、一天、一个时辰都不算一辈子。你,生活要的不多,就只要和他同台唱戏。你,是真虞姬,他,是假霸王。你在戏里,要唱出天地间一曲至真至美的绝笔;也还要在生活中,演出戏里才子佳人般,天公作美的良缘。

　　显贵的人,你的种种高贵,是在别人眼里。为着这份高贵,你将"要在人前显贵,就得人后受罪"的话酿成自己流淌的血,这世间的苦痛,只有你才能消化成支撑自己行走的脚掌。你把万般钻心的疼,化成了支撑身体行走的骨骼和精髓。从小豆子到虞姬的蜕变,你用万般的苦痛擦洗全身的伤口。在时间阡陌里行走的人,一怀苦楚,愈合又裂开,始终都在生疼。看见的看不见的人,都不清楚没愈合的正在流血,愈合的正在化脓。只有痛真实地在你额头上流着汗，被人看见。

我要说的，就是我最想说的。时代万般相似，那时的你，倚着艺术的名。粉丝们为你抛泪洒笑，也为你喝彩尖叫。你也为众人颦颦蹙步，颔首致意。这是你要的戏，你要的生活。戏里戏外，无不"风华绝代"。

不疯魔不成活，能把生活当戏，能把戏当生活的人，古往今来，陈蝶衣算一人。有个男人再有个女人，搅到一起能不能说生活才真正开始？段小楼和菊仙走到一起，这便是生活的原状，你却不愿，你演虞姬他演霸王，这才是你想要的生活原状。你说"黄天霸和妓女的戏你不会演，师傅没教过。"我为你喊恨，生活真若能同我们预知的戏一样，那有多好。《西厢记》里"不知情从何起，一往而深。"你便是如此，执着于一场戏，忠守于一颗心。

很在乎的事物，就怕在不经意时突然离去，那一切曾经的美好，轰然坍塌成一堆无法收拾的废墟，这是最让人心疼的。最在乎的事物离去，只能眼睁睁地看着，却无法将其挽回。那种撕心裂肺的痛楚，只有竭力嘶喊，呼唤于没有声息的天地。那时就如世界的弃儿，所有的孤独，所有的揪心，恨不得把自己撕扯掉，去弥补，让其变得完满。

那个心中最美的人，就在自己的身边，那是一生值得去守候的人。所以，你对段小楼的那份情便是你的所有。一切的戏后，你为心中的执守，又受尽言语地攻击和身体的摧残。一腔酸涩的泪水，唯有己知。

《思凡》里"小尼姑年方二八，正青春被师父削去了头发，我本是男儿郎，又不是女娇娥。"这样的唱词却害了自己，终究到死也还要唱作"我本是女娇娥，不是男儿郎。"戏的谢幕是历史的谢幕，是虞姬和霸王的谢幕，你却把这一场凄艳演绎成了属于自己的谢幕。

跟着那戏，你的结局只有对着自己的霸王，在汉兵掠地时自刎。生命的花朵，殷红如血，舞台前后，繁华落幕。数前瞻后，终不过一肠凄美的柔情。

书中人

"木直中绳,𫐓以为轮,其曲中规,虽有槁暴,不复挺者,𫐓使之然也。"千年前,大儒之人荀子作此《劝学》篇,诫世人以学习为要,警世人以修行为上。

"读书方可成材",泥土里打爬了半辈子的父亲将此话从儿女们开始记事时就说起。每逢节日回家,依旧要听此训示,尽管耳里成茧,但仍要做谦恭状。时间留给我们的不会太多。不管学富五车的大方之家还是胸无点墨的黔首之人,都在说学习,谈读书。

近来四进红楼,深感一点,贾府的败落,无不是读书教育的失败所致。

曹公当年乃显贵子弟,定不曾在山野拾柴,以备冬日无薪之需,也定不曾寻米剜菜,填明日饥肠之备。他是贵族子弟,学得会琴棋书画,却不一定看得起割草牧牛。但是造化弄人,要让他享受得了荣华与富贵,也要让他尝得了饥寒和贫穷。要让他学得会典雅,弄得通艺术,但不一定要他因为懂得艺术就让他富贵一生。人

·静雪篇·

生的境遇无不是如此。所以百代可读之大作《红楼梦》经曹公之手便应运而生。

从乱悠悠的春秋战国，直至康乾盛世，历代读书之人无不风骚一时，庄子可以怀抱骷髅梦至鸡啼，也可以击缶以庆妻亡。嵇康也愿意盛夏着袄于柳下锤铁。李白醉时的胡话也成了绣出三分盛唐的诗才之气。此属读书人之列。苏秦奋起读书，终有所成。秦桧苦修，终也做宰。此等也并非不读书之人。五柳先生读书会意，时常欣然忘食，终不愿为大米五斗而折腰，因此挂印归田。此非不读书之人乎？

《红楼梦》第三回里"托内兄如海荐西宾，接外孙贾母惜孤女"里，贾母因问黛玉念何书，黛玉道："刚念了《四书》。"黛玉又问姊妹们读何书，贾母道："读什么书，不过认识几个字罢了！"到宝玉便走向黛玉身边坐下，又细细打量一番，因问："妹妹可曾读书？"黛玉道："不曾读书，只上了一年学，些许认得几个字。"宝玉又道："妹妹尊名？"黛玉便说了名，宝玉又道："表字？"黛玉道："无字"。宝玉笑道："我送妹妹一字，莫若颦颦二字极妙。"探春便道："何处出典？"宝玉道："《古今人物通考》上说：'西方有石名黛，可代画眉之墨。'况这妹妹眉尖若蹙，用取这两个字岂不甚美？"探春笑道："只恐又是杜撰。"宝玉笑道："除《四书》，杜撰的太多，偏只我是杜撰不成？"

从《红楼梦》里提及的官方教科书书目《四书》和非官方教科书书系《古今人物通考》到禁书《西厢记》等。我们不免发现贾宝玉和林黛玉这两个人所看之书是最多的。林黛玉学出于贾雨村，贾

011

雨村是名副其实的科举出身，可以说将官方的教材是吃透的，林黛玉在慈父严师的教导下成长，在当时她的"专业课"是过关的，若是男儿，定为皇榜之上人，可身为女儿身，她洞察世事的能力显然超于别人，在什么样的环境和场合说什么样的话，懂得分寸，这并非她有意地小心（也是细心），这是一个读书人长期的修养所致。她是个老师的好学生，在当下我们这个时代，这样的学生也是最受老师欢迎的。专业课学习第一名的学生就是好学生，那个时代给他们最大的奖励就是予以官职，所以学习就是为了吃皇粮，这话说得多么的正确。

贾雨村这位老师是个会教书的好老师，讲《四书》讲《五经》，可能讲得很透彻。当下而言，林黛玉走了，贾雨村老师也走了，不然我也是可以听听他所教之课的。

就说说这个会教书的老师，他寄居姑苏城的前话暂且不提了。在《红楼梦》第四回"薄命女偏逢薄命郎，葫芦僧判断葫芦案"中，这个教书育人的老师就显现出了忘恩负义的一面。直至后面暗害当年的小沙弥及报复贾府，这一切都是这位读书人干的。

他教林黛玉只是以他所学，所以他教的是书本，没有教给林黛玉更多的东西，人生的道理就更不用说教了。所以林黛玉的处事方式无不是受这个老师的影响，从另一个方面来说，这个只会读书教书不会育人的老师也算是害死林黛玉的凶手。全观这位老师，他读的书不利于修养性情，但可以换的来物质的富足。在大的社会背景下，他读书是成功的。

林黛玉到贾府后，从她谈读书到她与众姊妹结诗社，再到同贾宝玉一起读《西厢记》，直至后来《葬花词》焚诗稿把自己咳成一片羽毛。从她这一生的读书经历来看，她应是读书最多的一个人。贾宝玉比她少了《四书》《五经》的深层学习。除此之外，在进贾府后，她又读了大量与当时官方教材没有关系的很多书，因此她达到了自我人格的升华和性情的陶冶。

都说贾宝玉是个痴人，只能说是书读多了，读的有些文弱了。《四书》他是不怎么爱读的，《五经》他读了。读得很透彻，因为他不敢在长辈面前造次，有些关于读书的牢骚，在他爸贾政旁边是不敢说的，背后却说得比谁都多。因为读书，他有自己的见解，阅读范围很广。在当时那个科举的年代里，他是个另类。这位青年之所以熟知课外书籍，原因在于他爸他妈请的家教不怎么样。一介武夫就不懂文人们的之乎者也，所以贾政同林如海那样请老师是不可能的。

这个教书先生教贾宝玉，由于自身原因再加上他的胆怯，所以讲课定是战战兢兢放不开。在贾宝玉等人的启蒙教育阶段，就埋下了失败的伏笔。等到一帮学生会认字了，老师讲的就可以丢掉了，自修便成了贾宝玉的学习方式。教科书没读多少，倒是把课外读物读了几车，所以他知道珍惜、懂得平等、晓得尊重，唯独不懂得学习是为了功名。

封建社会，一个家族要发展，他的子弟就要读书，而且这种所读之书还要能为这个家族带来兴盛的新动力。贾宝玉是这个时代的另类，他只是读能让心灵高贵，精神丰富的书，至于能换来饭的书他不爱读，也不想读。因为读那些书，最终是要以失去自由为代价的。加之外界没有太大的压力，且待在温暖的小窝里，所以这个大家庭的宠儿就未能真正走上仕途。但我们得承认，他和林黛玉成了那个时代最健全的人，最有思想的人。最后出家，无不是他最好的归宿。

从《红楼梦》里看读书，无不是在读两种书，一种在为饱肚子而读，一种在为安慰精神而读。读书，但命运不是我们谁能将其左右的。古往今来，所谓有学识有修养的大家便是两种知识的集合体。话说于此，行文至此，我是喜欢第二种的，因为我相信一个人活着更多是在靠着精神。

一抔月光

沟壑横斜的黄土高原上，一岔一洼间众多的小山村里有着我最为熟悉的家乡。这里少石缺泉，但名字可爱，叫石泉。

没有走出农门的父辈，和我们这辈人都是在泥土里滚大的，爷爷辈也是。这里和城市有着距离，超市不属于这里，酒店不属于这里，当然一切城市特有的东西就更不会在这穷山沟里出现。在省会那个大都市，我常对朋友说我喜欢的音乐在遥远的山洼里。头顶着星光，可以把一切的声音使劲地往耳朵里塞，那声音对耳朵来说是填不够的，即使发声的地方与自己隔得很远。那些真实、美妙的音符让人觉得离它们很近，触手可及。

立秋一过，山村的温度就有了明显的变化，一天一个样。秋天一来，田地里的东西就一天天地开始减少，田地里的作物是可以饱肚的，因此村里人会用很多力气，靠架子车把它们拉到自家的场院。没来得及清理的作物，麻雀及其他一些飞禽就像着了魔似的，成群结队地在田地里出现。等地里的作物收拾完了，树也就慢慢开始变得瘦了。

仲秋来临,村里老人、孩子都会开始发胖,而且是异常的胖。这种胖不是身体上的,而是因为地里收获的作物,除了一年的口粮,其他的为了子女所需的费用,都卖了。长年累月的旧衣服会一件套一件,因此整个人都变得臃肿。冷了多穿几件衣服,穿厚些是家乡人共同的御寒方法。

八月十五,就是今天了。和往年一样,月亮在傍晚六点多就从东边的山头上出来了。父亲忙着喂牛,母亲忙着找柴火做饭。墙外不远处的邻居,也忙着打扫场院。因为刚碾完麦子,就怕老天爷半夜里把雨下了。去年就下过,没来得及收拾的麦子被雨水弄得到处都是。

因为是节令了,我是赶着往家走的,临行前同学都说这次回家一定要记着赏月。三分钟前,就有"记得赏月"的短信窜到手机屏幕上,回家的最后一节课老师也说,不看你就又得等上整整一年,说不定还会是两年。

白天往乡下走的时候,城里大小的店里人都很多,都在忙着置办东西过节,到乡下时天已经黑了,小小的市场上,没有刚逢完集的样子。回家的路上只碰见了一个人,我还以为都在家里开始过节了,刚这样想着,父亲就说都还从地里没回来呢。暮色四合时,才发现是父亲说的那样,他们都从地里拉着一车作物慢慢回来了。

站在门前,是要看月亮的。看月亮本来是一件自然而且享受的事,可在今天我却感觉浑身都不自在。想让父母一起赏月,但赏月两个字我是不敢说的,因为在农村没有赏月的习惯,家里人就没有赏过月。"你们看，今年八月十五的月亮。"我还是怯生生地说了出来。"月亮么，年年这时候都就这个样。"父亲说着扫了一眼天上，就把刚给牛铡的草用权挑进了装草的房子。"赶快收拾，完了吃饭。"母亲看都没看，就一手提着一篮子柴草，一手拿着给猪倒了食的桶子做饭去了。

赏，是个雅字，谈赏必然要能有看美和赏雅的眼光，除此之外，至少自己身上也还要有三分的雅气，俗人谈雅恐怕就会像刘姥姥在贾府作诗一样，作诗不成，倒弄了笑话。于父母而言，忙完农活吃完简单的饭菜，休息。继而盘算明天的农活该先干什么，这是重要的。他们和所有的乡亲们一样。家乡人都是地道的农民。偶尔看一眼天空，说一声"今天的月亮真圆"便算"赏"了。

赏月是没法赏了，静夜里几声狗叫，偶尔一声咳嗽，也是能够被一里外不睡的人听见的。饭后，夜已深沉，可时间尚早，还不到平常的睡点，因此慢慢游走在了田埂上。伸出手，手里一下子就捧满了月光，一抔月光。静谧的夜，多好。

明天就得离开了，离开，总是有很多话的，想说点什么好，深夜两点，父亲已经有了鼾声。莫名的，心上像被洒满了盐巴，沉重又觉苦涩。

窗外月大如盘。看着月，想想父母，其实关心作物对父辈来说是重要的，作物收成好了，日子就会红火起来。贫瘠的峁梁上，父辈一锨一锨地在这角落里耕耘。至于月亮，对他们而言无非只是安排农事、观察时令变化，亮在天空夜晚的镜子而已。

有雨的心事

一切都静止着,往日到处弥漫的那些不安与躁动,都被昨夜到访人间的一场夏雨悄悄地带走了。

雨来得不是很突然,因为昨天略显闷热的天气,早已告诉人们会有一场雨要来。夜里十点,这场雨就轻轻地拨动着风弦来了。与以往不同的是她显得缓而慢,轻而柔。这些特点也注定了她的这次到来,会待上稍长的一段时间,不会急着回去。

昨夜因困倦,十一点多我就已然入眠了,尽管她从我入睡之前就已经在跳动了,只是那一刻我很困她很轻,我们都悄悄的,以致我也没有太过留意罢了。被这一个个起舞在天空的精灵闹醒,已经到了清晨。面对雨我有各种的亲切。拥衣而坐,窗外一片肃穆,路上已有行人撑伞在雨里,只是听不见脚步声。往常那些窸窸窣窣的步音,是很清晰的。雨天我隔着窗想听一听,但我就是不能真切地听见。雨天为什么要听脚步声?我也说不出个理由来。能听见的只是躲在屋檐下,很清脆地喊着嗓子的不知名的鸟。

对我而言，最真切的雨并不是这眼前滴落着的雨，而是家乡的雨。下不下雨，对于城里人来说不是很重要。因为生活不会受到诸多影响，也不会感到切肤的那种疼痛。不下雨，城里的人大不了抱怨一下空气有些污浊了。下一场雨可以让浮尘安静上一阵子，不再那样肆无忌惮地闹腾。但是雨对乡下人来说，就不一样了。每次下雨我都要打电话问一下在乡下的父亲。"下了，这雨虽然不大，但庄稼又能长上一茬，窖里又能放点水进去了。"父亲每次都先会这样说。说完后我们彼此就会沉默一段时间，电话中我听到那端的雨声，父亲也会听到这端的雨声。挂完电话，我心里的一大片田地就会迅速地蹿绿，一口口水窖里清澈的水就会被我用桶子提上来。

孩提时代，一到雨要来时，父亲和母亲就会拿起扫帚把院子的每个角落细致地打扫一遍，打扫完就不让我们再到院子里玩了。因为要把老天爷送来的水，好好地珍存起来。乡下人有窖，大多数家里至少有两口。去年父亲和几个井把式又挖了一口。窖挖好注上水的那天，父亲打电话说咱家现在不怕没水吃了。是啊，有窖就有水了。可是天不下雨，依旧不会有太多的水让我们贮存，所以家里的一口窖，还是空的。

在乡下，一到下雨天家家户户就会把所有的盆子和桶子搁放在屋檐下，我那时最爱干的事就是蹲在门口，静静地听屋檐上跳着闹着的雨掉进铁盆子里的声音，现在家里不像以前那样缺水了，所以下雨天我们家再没有用盆子接过水。当然，有很多人家现在依旧在接。

今年春天由于雨水少，乡亲们就把作物的播种期推迟了好长时间，但最后也还是在一场迟来的小雨中勉强将种子播撒进了一道道田垄。所以父亲也说今年还好没有错过农时。

十几年前，清明过后快到了谷雨，但依旧没有雨的影子。乡亲们都着急了，爷爷那会是村里的神头，好多社的人都让爷爷去求神。多数人都在哭着说。爷爷和几个老人算了日子，就到庙里围着老爷（对神灵的敬称），开始要卦。一连好几天，几个村里的男人都跪在庙前，我们孩子手里也拿着香表跪在他们行列当中。一天我们要在好几个山头上跪拜祈祷，但是说来也怪，整个祈雨仪式结束后，一场瓢泼大雨就洒下来了，所有人的那种激动我到现在都难以忘记。雨水，因为难得，所以我也才会像村里的人一样，对这可以活命的精灵满怀一种感动和敬畏。

父亲是个老实巴交的农民，下雨时，父亲时常会卷着一棒子旱烟，靠着门坐在门槛上看雨，雨一过，他就要拿着那把用了半辈子的铁锹，到地里看看禾苗。就怕地里的那些幼苗，被雨水打断了身子，吹断了根子。雨后田里的禾苗，会长一大茬，那些杂草也会借机疯狂地冒出来。所以父亲在雨后就要忙上好一阵子，才能把那些杂草处理掉。自从上了高中再到大学，我就再没有真正地听过家里下雨的声音，虽然寒暑假依旧会回去，但是每次回去又只是一段短暂的停留，所以近七年来，我就没有很好地看看那片我曾经熟悉的土地。

如果不再务农，我当然不会和父亲一样，把一块块土地看得那样重要。也更不会像童年时代因为泥土缺雨，再和乡亲们一道跪拜在神像面前。但是，人的心里总有个地方是自己的归宿。无论你身在何地，它都是最牵动你心灵的地方。总会想那片田地里长着什么样的作物，那棵长了多年的梨树，现在还是不是在雨中挺立，开着花结着果？

雨，还在窗外洒落，一棵棵家乡没有的槐树，在雨中沐浴着，经过一番梳洗，它们显得愈发青翠动人。这一刻，我只想那一棵棵被父亲种在庄院周围的早熟的杏树，这场雨后一个个杏子该会变得更圆了。雨停以后，父亲也会堵住窖的管口，打开窖盖，和其他村里人一样，看看我家的窖水又深了几尺。

再读《小王子》

每一次读都让我心疼，是因为时刻都感动在那纤弱的爱当中。每至结尾我都想哭，不希望故事就这样没有结尾的告终，虽然可以说结尾在我们读者的心里，可我总是怀疑心里最好的结局不会在小王子身上出现,心里的结局再好对于小王子来说它只是个美丽的迷雾花园。我不想一直处在这样的期待中，我只想看到那个弱小的王子在爱的路上能有属于自己的美好花园，能和他的玫瑰有个美满的结局。

再一次翻阅，依然是那个让我心疼的小王子，读完依然没有看到他最初想要的，更没有得到自己最初想见的。是这样的结果，可我依旧相信他终会有属于自己的玫瑰，或许那时，已不再是从前的玫瑰了。

爱，也有保质期，不要在拥有的时候让它过早地变质。轻易地丢弃了，是多么的痛楚啊。

小王子的爱情，在拥有的时候，他不懂得爱情是包容、是忍让,更不懂爱是两颗成熟心灵的契合。因为不能容忍一点在他眼里是坏习惯的举动,所以他选择了在爱的时候离开。他没想太多,只是希望能够静静地走一圈。那时只是有些累,可是这累最后竟成了他一生的遗憾和愧疚。

爱着的时候,千万别轻易分手。每一场爱都是那么的可贵。一个转身或许就成了永远的分离。在小王子的经历中,我得接受这样一个事实,一朵玫瑰的花期不会超过六个月。小王子离开他的星球时间已经好久了。那一朵他搭了屏风和罩了玻璃罩的玫瑰是否还在等他?我不得而知。最后他是否看到了心爱的玫瑰?是否得到了心爱的玫瑰我更无从知道!我不敢往下想了,因为玫瑰的花期太短暂了。

但愿他回到当初的路口时,玫瑰依然在等待着他。那时千万别再有伤害,那时,玫瑰一定也不会再咳嗽了。

如果什么都是一种经历,那这种痛苦的经历我希望能够找回最初的那份美好!

小王子星球上的花大都是单瓣花,某一天吹来了一粒与众不同的花种。它在某一个阳光明媚的早上醒了。小王子惊叹她的美丽,不由得发出"你真美啊"的赞叹。

当玫瑰开始说话,小王子满心欢喜。

玫瑰在小王子面前,有着无限的娇嗔,显得很弱小,她是想拥有最安全的港湾,可以让她依靠。她丰姿绰约,以为表现出这种娇弱就会博得小王子对她一生的守护,因此她尽量表现出一种稚气,尽可能地撒娇。在小王子面前,玫瑰是不谦虚的。当她开出自己的花瓣,那娇艳欲滴的花朵是一种独美,玫瑰觉得美丽的外表就是所有爱的资本,因此慢慢地开始爱慕虚荣。她对小王子说她怕风,让晚上准备屏风和玻璃罩。偶尔一个谎言,小王子没太多在意,但一个个谎言破了后,玫瑰用咳嗽对她的谎言进行的这种掩饰,却让把一切都会当真的小王子感到了压抑。小王子不懂柔情,觉得她不可理喻。终于在某一天,小王子选择要离开,他只是想出去散散心,因为他是有点小生气的。

爱情里来了一股风,小王子说:"再见了。"花没回答她,"再见"。花说:"一直以来我很蠢。我是爱你的,真的。你不知道吧,那是我的错。"

言语导致了误会,因此让这纤弱的宝物——爱情便成了他们的一种负担。选择离开,只是因为在爱里有些累了,想寻找一份自己真正的宁静,只是想找份慰藉罢了。来到世俗社会中,为了逃避却迎来了更多的纠缠,俗世的一切在他的眼里是奇怪的,是不可思议的,一些人的想法更是不能理解的。就像红脸绅士,在小王子眼里他没闻过花香,没看过落日。他只懂得他的算数,且自以为是。在小王子眼里他就是个蘑菇。在他眼里,大人的一切都丑陋的要命。把什么都分不清,把什么都混在一起。这样的人生,有意义?终其一生又得到了什么呢。

活着,忙忙碌碌,为的仅是把商业中得来的利益换成天上星星般的金子再将它们换成一张纸锁进柜子?小王子不解。

肉眼是盲目的,只有用心才能看到。小王子经历了人生的不同境况,慢慢的,他领悟了什么是生活的本质,什么又是爱的本质。

生活，用心才能发现它的真谛，肉眼会被世俗的一切蒙蔽。只有真诚的心灵才会看到事物最核心的东西。

他说太年轻了就不知道怎么去爱。

爱情是纤弱的宝物。要保护好她，一股风来，它就像是会被吹灭的火苗，瞬间失去独有的光泽。

爱情，爱情是在星空下的漫步。爱情的路好远，也很困难。即使如此，更不应该为了得到一份最好的就匆匆走过。因为嫌她啰唆和柔弱，他才选择了离开的，可是来到地球，他见到太多，太后悔当初离开的选择。当发现那些有着和星球的那朵花一样的玫瑰时，他才懂得了原来自己星球上的那朵才是他的，不是因为独特，而是因为他对那朵真心地付出了，那朵花是重要的，他把时间投注在那，那对他自己是最重要的。

"我要对我的花负责"，这个念头变得急切变得火热，回到玫瑰身边的想法充斥在他的脑海和心田。他开始想念那朵只属于他的玫瑰。

夜晚，他抬头仰望星空，喃喃自语。万千星辰中，有一个是他的。那上面有着他最动心的人和物。只有那才是他一生的守护。

"如果有人钟爱这一朵独一无二开在浩瀚星海里的花，那么当他抬头仰望繁星时，便会心满意足，他会告诉自己，我心爱的花在那里，在那颗星星上。"在最初，他想要一份独一无二天下最美的爱情，可是经过游历，他才发现爱情原来都是一样的，没有什么不同。都是平静的，爱情里来了一股风，肉眼就盲目了，便轻易地舍掉了，现在，他用心看到了。他释然了，可是依旧离玫瑰太远。

回去，他选择了回到她的身边，他要去对他的花负责。这是他对爱情的回转。喜爱一样东西，就满怀期待静静地等着它到来，就用一颗诚心好好地去服侍，要给对方的那份爱，就得用心去满足。爱情里来了风，爱就会变得脆弱，不要因为变得弱了就急着走远。给爱罩上罩子吧，为爱挡上屏风吧！花长刺是为了保护自己，为了给自己壮胆，可是更多需要去呵护，更需要去好好地照顾。

星星闪闪发光是想让每个人找到回家的路。那就愿小王子能在秘密星群间看到玫瑰期待他的容颜，所有的星星都会流出水来，那莫非是她的清泪？

爱情，多么的神圣，就像这些灵动的文字：

"我寂寞地行走着，我以为一直行走就能抵达天涯，我孤单地舞蹈着，我以为一直舞蹈就能追上春天。千回百转时，那守着我的，是岸；那灯火阑珊处，等着我的，是家。如果可以，让我看着你的眼睛，将你的笑容刻在我心里，如果可以，让我握着你的双手，将你的温暖存在记忆中。能牵手的时候请别只是肩并肩，能拥抱的时候请别只是牵牵手。能好好爱的时候请别忙着伤害，能在一起的时候请别轻易分离。"

爱情，在一起需要多少的缘分。在心里就给爱留一个位置。

集市上的广场舞

广场舞是城市老大妈刮起的一阵风。在城市,小到家属区的一片空地,大到公园广场。因为是风,广场舞也就走得远了些。每当黄昏,乡下不大的集市上就会有音乐响起。以为有戏,父亲说,是跳舞的。出门一看,不就是城里的广场舞,都在咱山窝里兴起了,时髦!

家乡集市上广场舞的兴起还得从隔壁的刘嫂子说起。

由于还有一年儿子就高考,同村刘嫂子在城市靠近学校的山根下租了一间房,为的是给儿子做饭,做完饭以后是她最无聊的时段。刚来城市,她买菜都让儿子放学代买,所以一般不怎么出门。实在要出去的时候,就是男人给班车上带了面粉和洋芋,她不得不到车站接一趟,她不敢走得太慢。因为她的鞋子和城里人的不一样。走在路上,她最怕别人看她的鞋子。住了多半年,她不再胆怯,她慢慢打量城市里的一切,原来城里人谁都不会去关注谁,在城市里的每个人,都很匆忙,不像乡下,走在路上,逢人都要打招呼。

儿子寒假，一起回家。城里人和咱们乡里人没啥不一样，看着就是穿得好看一点，她对左邻右舍常年在家的妇女们这样说。她和儿子说得最多的就是几号去学校，不爱函数不爱 English 的儿子总是极力回避问题。到了上学时间，刘嫂子比儿子更开心。

城里的刘嫂子不再像以前了，闲了她就去热闹的地方，回来后给儿子讲讲所见所闻，继而说说她的看法。在一个黄昏她一边做着饭，一边给儿子说广场舞的好。

你去学吧，反正都是你们的同龄人。儿子扑腾扑腾地吃着说着。据说刘嫂子那会特别幸福地看着儿子。

回到村里是六月份的事了，没人知道刘嫂子的儿子考得咋样，但集市上每到傍晚，音乐就会响起，开始老人们觉得新奇，出门一看，是几个熟悉的女人在那扭身子、摇胳膊。刘嫂子站在最前面当指导。老人们摇摇头，就都散了。

自此以后，集市上就集聚着好多妇女，跳舞。跳到太阳躲到山后，跳到星星开始眨眼，她们才肯罢休。

村里的人都说她们是在作怪，市场上居住的女人们，傍晚的饭都是随便糊弄一下，有的盐多了，有的菜里还有泥土。女人们往往端着一碗饭吃半碗。锅都是明天洗。家里男人们刚开始也就忍了，后来就骂了，不时地就会听到市场上夫妻骂仗的声音。

数月有余，我再一次回家。山村极其安静，我想着傍晚音乐响起，集市上女人们就会打破这安静，因为几月前，一到点就会音乐响起。但那天星星已把一个天空占满了，就是没有音乐。

老人说，没有那么热了。跳舞的多是带孩子上学在城里待了几天的，要么就是几个暴发户，男人儿子外面挣了钱，要么嫁女儿有了几个万。暴发完就老实下来了,她们发现原来还是和我们一样,再没有力气去甩胳膊扭屁股了。农民就是农民,跳舞不是她们的生活。就算是生活,还没有到那一步。这些年,嫁了女子的人家都有了钱,翻新了房子,买了轿车,说话都有力气,走到哪都很阔,男人天天围着酒场,女人天天跳广场舞。但不知怎的,都不出几年,又像回到了数年前,阔了的说话绵了,走路软了。酒摊子上哪家的男人不见了,哪家到处爱串门的女人也不见了。挑着粪筐,提着铁锨,都开始在自家地里侍弄。

麻家的女人那会是最爱跳的,据说刘嫂子饭还没吃完她就开始提着个嗓子喊跳舞了。刘嫂子的男人就会狠狠地瞪一眼窗户,继而把蜷缩在床上的一把提起来扔到地上。刘嫂子往往提高嗓音喊一声来了,看看镜子就出门。

那一晚几个女人跳到了深夜,麻家的女人学会了几个新动作,回去的路上她使劲地跳着,生怕学会的动作明晚从她的身体上溜掉。她太在乎动作,脚下没留神,一脚踩空掉进了水渠。她想起来,胳膊却拿不起来,一动就疼得厉害。

她在水渠里忍着疼,两三个小时候后才被路人从水渠里扶起来送到了卫生院。别人问她咋掉到渠里去了,她只说走路遇了迷魂子,把她迷到水渠里去了。第二天没等到麻家女人的刘嫂子很伤感,打电话才知道她昨晚摔断了胳膊。李家的女人、王家的女人再没来过市场的院子里,据说被男人锁到房里出不来,刘嫂子还是和几个女人坚持着,男人总说小心把你的腿摔折。时间长了陪刘嫂子跳舞的只有自己的影子了。直到一场雨自己感冒,市场上又恢复了安静。麻家女人好了胳膊后,谁一提跳舞她就脸红。

麦 香

离开黄土,心里依然盛放黄土。麦熟的日子,让人欢喜让人匆忙。因为麦熟了不赶着收,暴雨冰雹就会伺机而动,将熟了的麦子全部打倒在地。熟了的麦子,如果熟成我们欢喜的样子,便是一年欣悦、幸福的开始。伫足地头,当麦田里有风走过,看麦浪起伏,闻溢溢麦香,你一定会同我一起爱上土地,爱上起舞在风里金黄的麦穗。那里住满阳光,住满合节雨水的精魂。

麦黄六月天,月亮和为数不多的星星在山头可劲地聊天,高傲的公鸡也还没扯开嗓子,晃悠悠地便要跟着父母往地里赶。鞋子拖上草帽戴上,一边走一边在心里抱怨父亲,如果没有他的催促声,那个梦就不会断。多年后,寄居城市,远离父母,远离山沟梁岔中还长着作物的土地,时常便想小时候,想父亲的催促声,想那里熟悉和怀念的味道——麦香。

六月的清晨,麦子一把一把地被我们拔起来,麦秆上未干的露水被摇得到处跌落,没有回过神来的蚂蚱一跛一跛地,抖动翅膀在麦行里窜动,想飞,急死它,就是飞不起来,只能懵头懵脑摆着翅膀乱跳,面对一大片黄灿灿的麦田,"眼是怕怕,手是夜叉。你一看,就觉得拔不完,你不要看,只是拔,很快一大片就完了",跪在地里拔麦子的奶奶常这样说。小时候拔麦子,手小,总是捏不住太多的麦子,捏住麦秆狠狠地一揪,麦子就乖乖地被提出了土层,磕一磕土,放整齐。不一会,就是一排。接近中午,母亲拿出准备好的食物,一家人坐在麦身上围着吃,一边吃一边喜滋滋地看着金黄的麦子,父亲卷一棒子旱烟不时地会吧嗒吧嗒抽起来。完了束好麦子,继续开干。

午后的麦田里,到处都是赶着拔麦的人,麦秆做成的草帽是庄稼人六月天最喜欢的帽子,尽管大,但轻便。可六月的毒日头一到下午就发疯,麦芒早上还是攒在一起的,下午忽地就散开了,以致麦穗也开始窸窸窣窣地响动起来,露水混着泥土,拔出麦子的瞬间变成袭人的热浪,蚂蚱抖一下翅膀,飞了,好像已经忘了早晨它的落魄。偶尔一阵清风拂过,携着让人难以忘怀的清爽。

家里的地像衣服上的补丁,东一块,西一块。都长着不一样的作物,麦子每年都要换着不同的地茬种上几亩。按照母亲的说法,那样每年每天总有新面吃。

山里的路,曲曲折折,黄尘厚厚地铺在上面,一脚踢过去,细土便腾空飞起,顺着风走的方向缓缓散去。小时候,走在路上这是最喜欢做的事。

生下我的地方叫坪子,翻阅地图只有石泉。石泉没有地图,坪子自然不会出现,这个针尖小的地方,祖辈们都在这里耕耘,现在，我愿意把它标贴在心里，因为它是我们走出农村后唯一的标签，不仅是我的，也是所有从这里走出去的每一个人的。走在石泉街道上，你要说是坪子人，进了城就是石泉人，进了省城要说定西人。出了省呢，当然你就得说是甘肃人。这又有什么呢？行走多远，根不还是针尖大小的那方土地么！

·静雪篇·

绿皮车里的慢时光

车是陇西到兰州的7501,车体车座,一样的深绿,所有的列车都跑得比它快,比它见过更大的世面,陇西起步兰州停步,哐哧、哐哧,一直在这短区间内喘着粗气。中途十多次停步,无非是李家堡、梁家坪、甘草店……

坐一回这车,要有充裕的时间及足够的耐心,才不至于着急。第一届青年诗会,我们选在定西。致力诗歌评论的苏明,强烈表扬该列车,"站站停的感觉很好"。上车后,"等到青春诗会十年的时候,我就把票拿出来",庄苓一边让大家在票上写诗签名,一边往事先备好的册子里夹着他的车票,做起了收藏。细碎的阳光,有些跌在肩膀,有些落在发梢,有些干脆躺到怀里。也还有些跳在车票上,票在夹进册子的时候,它们也被收了进去。

经列车长同意,横幅挂在了车内,青年诗人树贤激情洋溢地朗诵起了《祖国或以梦为马》。车每停一次,耐不住性子的或躺或坐,在轨道上,蹲下身体的地方,好像就是车轨起点。一罐罐事先备好的啤酒，在《黄河谣》的歌声里被左碰右撞。两年后，我独自在绿皮慢车里，发现当初的诗声、歌声，好像都隐匿在了角落。却依然能感受到它们的跳动。

车厢里，零散着乘客。想起上车前的情景，汽车站好几条长队，大小行李紧次挨着。火车站买票时，其他车连站票都已售罄，我前面的旅客摇着头拖起行李，略显无奈地走了，无非就是嫌弃它，太慢。买了票，看着不足十元的车票，我笑了笑，再慢也能把我送到兰州。好久没坐了，慢悠悠地晃吧！

迟到的慢车终于开动，熟悉的城市朝后退去，窗外继而出现和父母一样的农人，在田间翻寻着土豆，收着玉米，扛着袋子。车加速后，窗外的事物，也快速地选择消失，田间年年这样，故事无非春耕秋收。一样的方式，父辈们在田间耕耘。年复一年，慢慢地直到自己成土。

傍晚的夕阳透进车窗，跌落在椅子上，由于车慢，两旁的树不时在光影里摇动。车厢吸烟处，我从兜里拿出了兰州烟，点燃。那一刻，夕阳又静静靠在灭烟盒旁。轻夹在指尖的烟卷，燃起了一缕淡蓝色的烟，在夕阳中开始悠悠涤荡。不时地有列车从7501旁呼啸而过，随后又归于迟缓的节奏，看着飞驰而过的列车，我似乎看见售卖商品的列车员，喊着让乘客收脚，也好像看到手拿泡面的异乡人，挤过了逼仄的过道。

这辆特殊的慢车，乘客少，除了幸票，列车员始终在工作间，干着自己的事。穿红衣服扎牛角辫的小孩，时而在这儿坐稳，摆脚唱歌，时而在那儿躺着摇头。沿途上来的人，继续着之前的话题，时而笑,时而沉默,但是语气平缓。我轻轻地翻着随身的书,夕阳中,第一次竟觉得泛黄的纸张,像蚕丝一样。上面的文字,她们是多么幸福。文字看在眼里,心里却想那女孩,靠水声唤起了她古老的记忆。

晚阳慢慢下到山的那边,暮色里的列车,依旧响着《故乡的原风景》,音律舒缓,低沉。跳动的音符,像一个旅人,低语着时光深处的静美,轻而柔。车是慢车,这音乐好像让它更慢了,显然它也成了一个音符,跳动在苍茫的大地上。

在车上,我随意地走在过道,接一杯水,翻一本书。不用担心小桌被我占用,以致别人郁闷。慢的车里有慢的美好。可是,这慢,除了沿途小站的人,没有谁会花时间在这车上。快节奏的生活,我们选择快餐,寻求方便。慢,渐渐被我们遗忘,"慢慢走,欣赏啊",其实,慢是一种奢侈,以致梁实秋先生才会无奈。

向南朝北,走东奔西,对一个长期奔波的人来说,慢,多么难得。重拾遗忘的美好,遇见风景和心动的人,不就在那慢的路上?

城市乡村，我们都有了距离

灰瓦青褐，谁在瓦身上点进了种子。久而久之，它们发芽，肆意生长。墙壁上，泥皮跌落。裹在里面的土砖，没了外衣。只能变得参差不齐，任凭风雨剥蚀。二十世纪八十年代的屋，就这样一点点变老。

国庆回家，父亲说趁我在，他赶紧回家收核桃。匆忙间连一碗饭也没吃完。母亲说明早去，晚上饭咋吃？"我傍晚到家，趁黑就收拾了，大白天我干啥去！"丢下一句话，父亲拿着一个馒头，包了点茶，就出了门。

回趟数月难回的家，尽管嘴上说不愿意再去，但心里依然割舍不下三间土屋。怕一场雨后房子坍塌，怕野禽乘机侵占了庭院，更怕杂草顺延台阶上来，住进屋里。赶收核桃是一面，更多的是去看老屋变成了啥样。父亲一直都这样，有人问乡下的家时，他说撇下了，不管了。但一有空，父亲总是说要回家看看。每次都是傍晚去，清早回。我知道他怕乡间路上遇到熟人，怕有人看见在城里的他,又在这进进出出。父亲对我们不说,也不会说。晚上,我给父亲打了电话,他说屋里很暖和,在看电视。刚收拾完干在树上的核桃,明天赶早车就回来了。我不知说啥,只说了声哦。

次日清晨,父亲背着半袋核桃来了,适时我又要回兰州。午饭期间他问了好几遍坐啥车?几点的?在一旁的姐忍不住说"都说了坐四点的火车。"父亲再没说话,只是静静地点了支烟。去看店时,有点很不情愿,但他还是推着自行车走了。

回兰州途中,看见父亲发了个说说,"兔子满山跑,回来归旧窝。时光流水,多半年已过,为糊口游荡的人,回到被风雨剥夺残缺透风的土屋…"几个黑点掩藏了他想说又没说的话。一粒粒文字,在眼前,像是一个个刀锋,让人心头一阵酸涩。所配照片是老屋的一角,屋檐在晴空下静默,墙上的土砖,没能背住风吹日晒,不是东边没了,就是西边少了。像一个张开在墙面上的嘴巴,说着无声的话。门前小道上,有他清理的痕迹。照片里唯一亮堂的地方,是不远处的政务矮楼。看完照片,目光不由地挪到了窗外。荒山连绵,它们快速地朝后跑着。依稀间,我好像看到父亲,拿长杆在打树上的核桃,一些风干在枝头的,让父亲也没办法。也看到他用铁锨清理杂草,看到他黑夜一人独坐。在炉前,他剥开了纸包的茶叶,炉火正旺。

回到兰州,电台主持人杨婷来采访我们,期间她问到:"是什么让你们为生活奔波的同时,还初心不改坚持文学,想过回去吗?"冯树贤说:"不回了,打死都不回了,好不容易逃出来,父母花那么大的代价,送我们出来。再也不回去了!"我心里猛地一酸。是回不去了，不是不想回啊！从小学到大学，父母用血汗艰难地供我们，出来再回去？除了自身问题，还得扛住流言蜚语，扛住异样目光。每一个从农村出来的，没有谁会想着回去，每一个出来的人，都像是逃了大难。在城市，奔波辗转，有着艰辛，但在这，至少还有无限的盼头。庄农人屈身在地里，一年年地重复，盼着作物丰收，祖辈们都在盼，可总没有让人称心的一年。在田间劳作的时候，父亲也总说我们自己不改变就又得像他们，把自己三折，折在地里，一辈子。

不想了，不想再在农村。我们要出去。出去才有不一样的路。等有了自己的孩子，他们至少不用再面朝黄土背朝天。

其实，《人生》中的高加林，依然是我们这代年轻人的典型，只是我们比他幸运，至少还有希望。这么多年，农村的实质并没变。以求学的方式出来了，以打工的方式出来了，有人无奈，最后还是回了。但我们就宁愿在城市寄居，奋斗，追梦，也不想回到那片土地。一个农村家庭，总有人要试图出去，一定得出去。出去，才有以后更多的可能。

这些年，断断续续地写着乡村，多愁善感的乡村，多苦多难的乡村，十年九旱的乡村，有人说，年轻人在城市生活，还写乡村，是在出卖疼痛，博得同情。其实，也想不再写，我可以去写城市，灯火下的狂欢；写精致小店，咖啡的优雅；写灯红酒绿，那些身影的摇摆。但我们的生活不是这样，写又多么地违心。无论别人怎样说，处境，我们自己明得像镜。

庄苓和朋友曾去吃肯德基，因为一罐鲜橙汁八元，他愤然丢在

·静雪篇·

了垃圾桶,因此得罪了朋友。这样贵的橙汁,他心里过意不去。作为一名青年艺术家,他从天水三阳川走出来,靠画改变自己的生活,也还不时地给家里汇钱。艺术的路上,他没有停下过脚步,一直朝着更远的目标。

除了坚守,逐梦是我们在城市唯一的动力,文学、艺术在生活面前尽管卑微,却是我们扶起自己唯一的支撑。有朋友曾来段家滩六十号,喝酒。说玩牌喝,我和庄苓翻遍各自的房间,就是没找到一副扑克。朋友因此常调侃我们。身在城市,其实城市和现在的我们有多大关系?除了上班的地方,以及常围在身边的朋友,还有什么与我们相关,走在路上,行人匆匆,没有谁停下脚步。很想和每一位陌生人去说说心里的话,但他们一个比一个走得快,谁都不知道彼此。城市中央流动的河,与我们无关,那一棵被锯倒身子的松树,与我们无关。城市中,很多东西都与我们无关,星级的酒店与我们无关,高级的会所与我们无关。也许生活还没到那,所以心思也不在那。

在城市,远离乡土,远离亲人,但心里依旧热爱那块土地,我和家人逃离在不同的城市,和朋友逃离在一样的地方。除了躯体,连同部分精神。聊到回家和离家,给庄苓说,每次回家我心情急切,必然失眠。离开家乡,心里一半是看着乡村的沉重,一半又是终于逃离的轻松!农家子弟就是我们的标签。一直说逃离,但还是无法逃离。走得再远,根还是在那,并不是接受了高等教育,受到文化的熏陶就置乡村于不顾。待在城市久了,反而这种爱更深,却更不敢说,更不敢再企及。艾青说"为什么我的眼里常含泪水,因为我对这土地爱得深沉……"这爱,多么轻,又是多么重!

此刻,透过窗,楼隙间的半块天阴沉着,里面是有雨的,就是下不来。像心里莫名的一点悲伤,不知如何言说。身在城市,但又无法和城市里的一景一物并排。心里搁着乡村,念着乡村,在城市想着那些荒山的姿势。能做的无非是像一株劲草,在这缝里,坚实地往上生长,目光望着远方!

安定的春天

安定的春天,不从柔柔的丝雨中来,也不从暖阳汩汩的温情中来。大大咧咧,风吼出来的便是安定的春天。

南国之春,在文人骚客千呼万唤的低吟声中才会悠悠始出,那是琵琶掩面的羞涩,娇滴滴,经不起风吹。弯腰驼背者,也多是南国无力的河柳。

春日迟迟,女子风情。翠楼凝妆的镜前杏眼梅腮。那一声笑,更是注定了南国之春的娇嫩。一筝一弦,诗人曲里飞花似梦。春在南国就是水做成的女子。毋庸置疑,必须得万般地呵护,磕着了就是永远的痛!这没有气力的女子是没法和北国的小伙相对比的。南国的春天就更不能和陇中一带的春天相提并论了。

大风扬卷起尘沙,尘沙包裹着春的气息跑过万水千山,安定的春天就这样和着沙土被风赶了来。蓬头垢面,像是那风尘仆仆阅尽沧桑的行者。

冬天冰冷厚实的呼吸声,在春风的吼叫中湮没。风过处,像是唢呐呜呜咽咽的哀鸣。安定的春天是从庄稼汉的铁锨下翻出来的，用那一锨一锨土堆出春天的渴望。去年死掉的树还得经受一番彻骨的疼，才会从老树皮的断裂处重生。

安定春天的田地，是嗷嗷待哺的婴孩，白天黑夜都因干渴喊着疼，痛心的母亲和父亲流着泪，只有等老天爷救命，再别无他法。这是安定土地的命运。春天的雨是贵重的，雨水一落，男人站在窗前看，女人便扫净院子的泥土打开水窖的入口，承接地面吮吸剩下的雨滴。孩子更是露着笑脸在清凉的雨里画圈。

春天的风是无情的，不论母亲将头用方巾裹得多紧，它依旧会在她的额上捋开一道道血痕。安定春天的风是冷酷的，不管父亲怎么呵护，那双大手已如树皮状，风不会怜惜，照旧剥夺。会再次安上厚茧，仍在那被豁开带着血的口子中悠游。

安定春天的风，在祖辈的发间往复穿梭，无情地洗劫着劳苦人的躯体，剥夺着穷苦人的灵魂，直至将他们吹成一层沙。未成沙之前父母还得用骨缝里渗出的血将沟渠填补，一峁一梁还得种上过不了膝的麦子。这些都还得在春天的风里完成。

安定的春天，土地吞咽下的是父母痛苦的泪水。春天的播种是一场没有胜算的赌博。用所有的种子化肥作为赌注，祖先们毫不保留，恨不得也将自己填埋进泥土，化成滋润种子的水分，好让这年有个金灿灿的收获的秋天。

安定春天到来的喜讯，最早知道的是东山脚下土洞里的蒿草。

安定的春天来没来，你得看它们将头顶的泥土掀起没有。

安定的春天，老老少少都抱着有雨的念头在等待。

安定的春天，爷爷会扯开嗓子吼唱有雨的秦腔。

安定的春天，父亲会吆着毛驴在山坡上念有雨的过往。

安定的春天，妹妹在杏树的花苞下唱起前天学会的《小雨沙沙》。

安定的春天，得用泪滴和雨滴相碰撞才会变成绿色。得用那口铁犁，才会有蝶绕鲜香粉枝头的希望。

年味道

进入腊月，城市的角落尽管滋蔓清寒，但明显是有所不同的，这种变化，特别微妙，给人一种惊喜和踏实。走在街上，所有人的步伐都不再是那样匆忙。如果刚好午后，阳光正好，你会发现浮动的光影里有一丝淡淡的甜，身体能感受得到。所经过的地方，小店铺的招牌，是自己或者孩子的乳名后缀商店二字。不往里面进去，也知道这店超不过二十平。墙后伸出一截烟筒，不时会有几缕烟飘出来，在空中散开。

广场摆摊的早已经将对联、门神、灯笼、鱼以及生肖的纸质品或铺或挂，尽管少有人买。但这些红色的东西无声的在风中告诉每一个行人，年快到了。这样的物件在每个角落都有缘故吧，所以冬天才有了一种特殊的气氛，让走在冬天里的人有了一种不一样的感觉。

"腊八一过就是年"，在没有彻底定居城市之前，每年腊八后，外面奔波的人都会在年三十前，回到村里。一定是要回去的，挣多

·静雪篇·

少钱不再重要，能否回家，老少围着炕桌，这才是重要的。常年待在乡下的，一年所有没完的活，能放的就要在手头放下来，最重要的事也只有一件，准备年。为即将结束的一年做个完满的收尾，再为来年准备一个好的开始。腊月初十左右，乡下每天是猪被杀时的嗷嗷声。在村里，不多的二三十户人家，每天都笼罩在草木燃烧后的烟中，这些烟都是从厨房烟道出来的，烟道就像一个大烟鬼，猛猛地吐着消化在肚里的草木。谁家烟道的烟冒得时间最长，这家准备的年饭肯定是最为丰盛的。过年，最先要备的是发酵上几大盆面，面一发酵好，笼屉在八尺口径的大锅上一放，馒头就算蒸起来了；油饼、麻花也在锅中炸起来了。自此后的几天，厨房就成农家最为忙碌的地方。馒头最能比拼妇女们的手艺，家家户户的馒头虽然不一定开花四瓣，但是馒头上筷子头大小的一点红色都是有的，为了图吉利，有些更为手巧的妇女，会蒸"十二生肖"，它们都是面身子。眼睛用红色一点，年的喜庆就从这一点红色中开始散出来。直到家里到处都被红色所装扮，除夕之夜，红鞭炮一响，这年算是红红火火地开始了。

　　栖身城市后，对年的准备依然精心。为招呼亲朋，食物的丰盛与精致是极为重要的，其间也洒扫房间、贴对联。但这些好像是过年要必须做的，而今一天天又逼近年，年到底是没有了先前在农村的那种盛大，无须准备太多的食物，不到大年初三，很多店铺都已开张了。我们所需要的东西不再过多的准备。难得的不再是因为过年了，而是忙碌了一年有了短暂的余闲，城市的年味里，是灯光流彩，是更多的火树银花，是各式各样的文娱活动。乘着闲，或三五

045

好友一起闲话生活琐事，亦或带着孩子老人在有秧歌的地方找点欢乐。

一个新的春节，悄悄地又在靠近。年的气息一天比一天浓。沿着小城的路，四处走着，静静地从午后走到黄昏。晚阳的余晖从林立的楼宇间倾泻而下，所有的记忆就是那夕阳的光照，柔和而又清丽。年的味道，在那光里。年，是记忆，是期待。

"买个佩奇吧！"推着自行车的小贩轻声问，让我猛地回过神来。"家里有小孩，他们不都喜欢？刚好今年为亥年。给孩子买一个去玩吧，要过年了，不就是图个红火喜庆吗！"扫了二维码付了款，便接过红色的佩奇，返身，好像已经得到所需要的，不由地看了一下笑着的毛绒玩具。这毛绒玩具竟让我不由地面朝着家的方向。如果说小孩子的年已经开始了，那这不也是所有人新年也都开始生叶了？

·静雪篇·

诗域之境

沿兰郎公路至土门关,一脚从关门踩过去,就是真正地到甘南地界了,之前坐在车上看两岸的山,山像是藏在襁褓里被呵护得格外好的婴孩。再下车仔细一看,起伏的山峦托在白云掩映的蓝天下,秀丽之余更有股挺拔之气。叫人要在内心深处叹赞一番诗域甘南的韵雅与唯美。

昨夜一场小雨,使得两山上的植被更加葱郁青翠,很是动人。初晴后的暖阳透过白云,洒着温润的光芒,缓缓地在每个角落里静静地流淌,各个山头都散发出一股氤氲的气息。闭着眼美美地吸一大口气,让人倍觉浑身通透,每个毛孔都酣畅无比。

一座座山酷似身着鲜绿厚外套的沉思者,安详且从容地蹲坐着,好似一直探索着天地间千年来无人破解的谜语。当我出神于她们一碧无涯的绿意时,其实那一座座山在沉默中也凝望着我。我是个矮人,仰山之高;她是座大山,俯瞰众生。在我的眼里,她们就是经历了沧桑不曾逝去的老人。她们心里定还清楚地留着昨天所有的记忆,也定在无声中把所有经过她们身旁的每个生灵的影子都记得很真切。包括像我一样看了一眼她们又匆匆离开的那些过客。

一路走来,山都被参天林立的松柏包裹得很严实,尽管这边天凉,但我想这儿的山是不会感觉到冷的。秀丽的林木间,栖息里面的各种鸟不时地会钻出来飞到空中透一透气,南来北去舒展一下筋骨,它们是多么惬意和洒脱啊!

山脚下是自桑科草原流出的桑曲河,河水湍急汹涌,一路吼着只有自己能懂的曲调奔泻而来。此地的一切我们看在眼里,记在心里。树木、野花、飞鸟以及其他,在这里都无不过着一种诗意的栖居,进行着一番虔诚的修行。

目光所及之处,无不是一种令人酣畅的大美。经过十几分钟的车程,我们到了合作市南面的大绍玛村,省地矿局三勘院的工作人员一部分落脚在这儿一个不大的院子里。次日早晨,我随着他们去了海拔两千九百多米的早子沟附近的矿区,采集岩石标本和矿石标本。除了领队梁工和司机师傅外,其他的几个人都是血气方刚的青年,有男有女。一上午时间,我们辗转在三个矿区间从石堆里找着要找的样本,符合条件的便记录下特征,编号装袋再放到车里运走。返回时看着脚下一袋袋有名字的石头,我觉得我们上山是专程去迎接这些石头的。他们有意把自己不仅藏深了而且还藏高了,非得让我们开着车把他们又从山间的角落旮旯里找出,然后拍一拍它们的脑袋,擦掉脸上的泥土,带走这些淘气又让人怜爱的"孩子"。他们眼里的工作在我眼里就像一次次捉迷藏。看着那些石头上套着的白净的袋子,又觉得它们是要远嫁他乡的新娘,而我们是接送她们去远方的亲人。

车在路上甩着尘土奔驰着，透过车窗，我望见远处水草里的牛羊闲适地朝着太阳的方向游去。草地上的野花更像爱美的女子洒落下的发卡，也等待着主人寻找。尽管车的声响在耳朵里充斥着，但是天地间的那份安详与宁静却在心头漾着层层的涟漪。这儿的草地与蓝天只属于牛羊，尽管脸色赭红的汉子在空中挥着鞭子打着响唱着脱胎于山水的歌子，但他们是为牛羊服务的。

一车人都不说话，都把目光投在田野里，沉默中我感觉到车场外一股力量在四野里涌动着，那是一种新生的活力。就是那一股流淌的河水，我也感觉出她正与石头合唱着一首动人的歌谣。

邂逅是一场美丽的际遇，和"羚城"以及这帮可爱的人得以亲近和相见，这份美丽终也靠的是一种缘分。

我们写文字的人与文字相依相偎，他们搞地质的与岩石不离不弃。此时，有幸能与这帮可爱的人一起抚摸石头的温润，倾听有着温暖名字的石头的情话，我是多么的幸福！

这一帮人，他们把自己的青春和人生最美好的时段抛留在一山一石之间，用着一颗平实的心与每一座山每一条河对话。他们身上有着大山的厚实，有着溪流的纯澈。他们每个人心里藏着蓝天与白云。如果可以，我希望自己是他们手心紧握的那柄小锤，愿轻轻叩开一个个石头的心扉，说出心里藏了千年的秘密。

我的外爷外奶

孩提时代的我是一个跟屁虫。谁都跟，但跟上一段路程又会返回家去。所以亲戚们最怕我跟他们了。他们其实并不怕我跟，怕我半路不想走了又得将我送回去，嫌麻烦。

有一天，我玩够回家发现外爷也在，傍晚便跟着外爷要走，外爷说："我年龄大了，我可半路再不把你送回来。你想好，半路上你再哭着让我送我可不管。""这次我一定跟着你"，说着便提上给我们家装了油的黑色坛子拉起他就往他们家走。裤裆扯破后跑起来像飞的一样，这次跟外爷走是因为我不想被昨天刚给我缝了裤子的母亲骂。我跑上很远的一段路后就会坐下来，一边看着落山的夕阳，一边喊他让快点。乡里的山路中行人少，傍晚最多见的就是赶羊回家的羊倌，一边甩着鞭子一边骂着羊，羊好像并不怕骂，但它们怕鞭子。路上的羊倌是外爷放羊时的同伴。一见他就会说："你的那外孙三天不打就要上房揭瓦。"外爷说："我的外孙么！"继而笑着喊我让我等他。

晚上外奶一边缝着我的裤子,一边说你羞死了,这么大的娃天天把裤裆扯破。"明天跟着外爷放羊去。""好啊,放羊。羊能不能骑?"外爷说:"找个能骑的你骑。"为了骑羊,兴奋得我一夜没睡。第二天外爷便喊:"康康,赶紧起,你不是要骑羊么?"我一咕噜下炕,便跑到羊圈门口等外爷给我找的羊出来。那天骑羊赶羊。

傍晚一头羊喝水不小心把自己让水给喝了。外爷无奈,便把那只山羊捞了出来,我骑了的羊早晨身上是我,晚上它却驮了它的同伴,所有的羊都静静地走着,一声不吭。驮了羊的羊,明显的,早晨与傍晚它情绪不一样。

走吧,它不是我和爷爷打死的,是它自己喝水时滑下去水给胀死的。你以后把那水喝光,让水去死。晚上我回去给你喂绿草吃,你就开心了。我摸着它的耳朵走着说着,羊始终低着头,连个叫声都没给我。傍晚,外爷一句话都没说,第二天他便剥了羊皮把肉给煮了。尽管我们把羊吃了,但外爷始终不开心,总埋怨自己没有照顾好羊。不知道为啥,我以后再也不愿跟外爷放羊了。

没几年,外爷在一场病痛中撇下家走了。时常在架子车上拉他走几十里山路看病的父亲哭得最伤心。我没见过父亲哭,我躲在门后牢牢地抓着门扇看着漆黑的棺材看着父亲。我总觉得外爷睡醒了就又会回来。直到现在我都觉得,人死就是睡着了,他们总有一天会醒来,还会和我们在一起生活。

外爷走了,羊也卖完了。自此我也好像不怎么乱跑了,每天放学,便不再回家而是回到外奶家,帮她喂猪扫地,帮她挑粪提水。

晚上她总会给我讲起好多的传说古经，当风一大，门前那棵长了几十年的白杨树就会哗哗地响起来，就像是故事中那个大声说话的鬼怪，以致吓得我直往她怀里钻。每次去厨房，我都会掀开缸上的盖子，看看缸里有没有奶奶说的那一只会变成人的青蛙。直到现在我都不怎么喜欢黑夜，我不觉得黑夜有多柔情，我觉得黑夜就是属于那些精灵鬼怪的，只有在黑夜，那些青蛙啊蝴蝶才会变成自己想变的事物。有亮的世界才属于我们。

现在每回去一次看她，我很想让她再给我讲讲以前的那些故事，可我总不敢提。我只能静静地看着她。我不知道我该说些什么，除了我问问她的身体状况之外就不知道再说什么，除非她问我才回答一些。

外奶老了，颤颤巍巍的身子好像随时都要倒下去。无意间我问孩提时我调皮的那些事，"太多了，你天天惹事，我记不清了！"我说骑羊的事她也不知道了，外爷留下的那一口水缸被我推倒的事她也记不清了。我把他们村孩子打得流鼻血人家家长找她的事她也没了印象。

外奶老了，当一碗饭你送在她的面前，那颤抖的手已经连一双筷子都没有了办法。面对这样一位风烛残年的老人，我也开始害怕，怕她不经意间就离开我们。

上次和她在一起，她说："康娃，你说我怎么还不死，活着就是你们的累赘。要这么多人把我伺候，你舅舅也换上了媳妇，孙子也这么大了，我也活得差不了。比起队上有的老汉老奶奶，我知足了！""什么啊，奶奶，你要给咱先好好活着，养好身体，我连媳妇还没娶呢。你还没享几天清福呢。不要再说这样的话。""那你赶紧娶个媳妇。"她笑一笑便不说话了。

一场场病痛中她都挺了过来。我无数次地问,这样一位多苦多难的老人,何苦还要让她受病痛的折磨,让她健康地活着不好吗?这样的话,我又能对谁说呢?每一次看她,尽管会满足多日惦念的一份心愿,但总觉得心里空落落的像缺着什么。

当我们离去时,她总会硬撑着一根棍子拖上身体,扶着年轻时和外爷一起打下的矮墙,看我们走。这一路谁都不会说话,我和父亲知道她就在那,可母亲总要不停回头看她,当快绕过弯时,母亲总会说:"你们看,他奶,还在那站着!"说完,她便先哭了!

秋天老了

　　秋天来得已有些时日了，没有要离去的意思。可这一刻，所有的人都能感受到它的步子已经显得有些吃力和沉重，像被人用厚厚的水泥裹住了双腿。刚来时，它在枫树前说上一阵，枫树就立马红了脸，像喝醉的汉子，跑得满岗子都是跌跌撞撞的身影；在银杏前唱上一嗓子，银杏树就像一个天真的孩子急忙打开了心扉，在地上摊出自己金黄的心事，让过路的人停下来瞧上一瞧。那些爱书的人儿专门会挑拣上一些夹到书中，作为最美的书签。这一刻，秋天已不再和刚来时一样了，它老了。迟缓的步伐被风推搡着即将走向一个无人可知的角落。

　　注意到秋天老了的那一刻，行人的目光明显地已不再在路上停留下来，去看一看被秋天弄乱的柳树的发梢，也不会在黄落的秋叶堆砌的小城前观察一下几只蚂蚁的忙乱。所有的人都开始反感这迟暮的秋天。秋天老了，空气里弥漫着冷瑟的味道，所有的人觉得这是折磨不是享受。之前，我曾看见许多个婴儿车被人推着走过街道,一路欢声和笑语。我也看见许多对爱人,年轻的、年老的,都在那棵树下的长椅上看着秋天的夕阳,阵阵的温馨蔓延在四周。此刻,这些画面我都再无法捕捉,落满尘土的长椅上一只被掏空内脏的蝉与几片发黑的树叶静静地躺在上面。好像这儿没有人驻足留下过身影似的,或许这条长椅一开始就不清楚自己的孤独。

步伐变缓的秋天,风嘟嘟嚷嚷闹着很大的情绪喊着让快走的话,它的后面一个白色冷艳叫冬的女子又要在这留宿上三个月,和秋天待上一样长的日子。以后的日子是属于她的,她想尽早来。步履蹒跚的秋天,并不想就这样离开,那一片田地里的玉米还没有被主人掰下棒子,它想看着那一片地里最后的作物被收拾进农人的院子。他想走得慢点,在第一声鸡啼里那个开着三轮车的丈夫喊醒了在梦里的妻子,拉着一车萝卜和土豆进了城,在一个小区的门口他们开始贱卖这些泥土里出生的婴儿。它想看着这些被泥巴裹满了脸的土豆和萝卜被卖完,也想再多分享一点农人的幸福。秋天老了,它把很多的话埋进了泥土,它把难以言表的心事寄放在文人的字里行间。

秋天老了,和北方来的西风达成最后的协议。此刻,我也知道它离开的日子只剩最后一周的时间。不多的时日里晨雾像有意地聚在一起开始商量一些事情,它们把一个小城裹得很严实,早醒的人在雾里穿梭,一个个背影出现了继而又消失。当睡醒的太阳爬过山头站到一座高楼的楼顶,所有的雾气就不得不向着天空的方向退去。愈显清晰的是秋天更加苍老了的面孔。在乡村,这时会和往常一样,有几只麻雀飞起,叽叽喳喳的闹腾,走在田垄上才明白原来这雾是秋天在昨夜一个晚上的哀叹。

秋天老了,所有的作物都随着它的步伐;秋天老了,我和我的影子却被往前又送了一步。

·静雪篇·

裁风画雨诗微凉

　　初晨的暖阳，迈着迟缓的步伐在天空走上好长一段路，她金色的眸光才会照到被群楼围裹着的段家滩六十号。在六十号呆过的人总觉得白天来得慢走得急。但谁都不会因为这而埋怨太阳的吝啬，过多的，我们感恩长时间逗留在段家滩的黑夜给予我们的眷顾。
　　一楼住房里的灯在凌晨三四点就会被主人用一根细绳子叫醒，灯光最不怕的就是距离了，它从一楼爬进我二楼的窗户是极其容易的事。半梦半醒间我总会听见水龙头为他的生意最先做了准备，当我真正起来时，楼下的早餐车已经被主人推到城市的某一个车站或是一个小区去了。在六十号，房东说一楼的那个住客在角落的那间大屋里住了三十多年，餐车换了好几辆。因此好多个深夜我都会在夜晚站在二楼看他趿着拖鞋坐在小马扎上削土豆皮、择菜，想象他多年的坚持和辛勤。清洗餐车往往是夜晚十二点多的事了。三十多年的生活以这样一种简单的方式循环往复着，我不能说但我知道，那鼓着腮帮子的灯盏在完成黎明与黑夜转换的同时，它借着内心最

057

真实的光也见证了一个青年到中年的所有过程。

在六十号，我们属于后来者。可也要在一间不大的房间中为自己的所爱走上一段路程。心里有了依托不论怎样都会是值得的，不是吗！太史公能著成《史记》，如果没有心头那份信念，他又拿什么坚持？

四楼种着两盆夹竹桃的地方，可以看到六十号的每一个角落。在花下的 dollar 最为清楚谁不是这个院子里的人，生人尚在一楼，它就开始吼了，房客出出进进的时候，它心情好了站在边上看看，心情不好了干脆趴下来眯起眼睛。就连晃一下尾巴也懒得动。dollar 小时候屁股臀圆，走起路来一扭一扭的，很是可爱，可主人要将它和它的兄弟姊妹们丢掉。骆青和庄苓便把它买了回来，一路上骆青抱在怀里不是抚摸就是亲。可 dollar 坐在出租车里没多久就吐了。晕车的它最后还是被抱到了六十号，洗完澡后它才慢慢精神了起来。当初房东说它如果能长大他就丢掉，如果长不大他就养着，以致那会让要去郑州的庄苓天天在 dollar 面前祈求说："千万不要长大，长大你就会流浪。"庆幸的是这条中华田园犬居然真没有长大。

许多人说眷恋一座城是因为舍不了一些人和一些事，如果问我们一个个都开始集聚在段家滩六十号的原因，我想也只有一个，那就是因为在这里，那个拿墨果腹的年轻人一直都在坚守着追索艺术的道路，我们也只想以不同的艺术形式一起坚持。就这样简单吧！庄苓的闹钟总响起在夜半时分，静谧的深夜他会拿起画笔勾勒出心中的天地与山水。放过时间点去说，同他一样我们也没有人愿意放下手中紧攥着的笔。我们也都还执着地爱着文学这个少女,我们愿意为她送上诗歌和山水画;愿意给她送去油彩和歌词;我们也更愿意为她缝上一件散文的嫁衣。最美的年华里,我们只想去好好爱,真诚勇敢地付出。

  在天台上,风徐徐而至时,一盆盆多叶的花便开始扭起腰肢,一些羞涩的花朵像从远方而来的嫁娘,低着头把一团团惦念和牵挂使劲往秘密处深藏,那些色彩浓艳的玫瑰,她们在风里大口大口地呼吸,像在风里燃烧的一团团小火,到处散漫着的是焚烧了她们后的体香。在过道徘徊许久的燕子,它们选择在段家滩六十号的屋檐下垒窝。它们把一个季节的私语也全填在段家滩六十号的屋檐下。

  裁风画雨诗微凉,我们只愿文字随心,一直都在路上!

陇南，低处的光

行走陇南，有被刀剑磨平的山堡，有铁笔问石后的碑刻。有沙场点兵，诸葛武侯的点将台。也有吴玠折戟隐匿的羽声，它们都沉睡在历史长河的记忆里，捞出来太过沧桑。我还是愿意这样说说陇南，听名字就像极了一位艺术家，礼县、康县、徽县等地名，就是身上一个个口袋，里面总装着不一样的色彩，不一样的故事。多年后，丝雨仍会扯起树的绿袖子，生花结果。盘桓的山路，额头上又长出新一茬银杏、松柏。在深夜，有人也看见柏油路上的螳螂、蚂蚱，轻轻地说一声"留心脚下，不要踩着它们的身子"。这样便好！

在梅园沟，一池碧水掩映着晴空，山泉潺湲，鸟鸣轻和。木椅上独坐，看云卷云舒，抑或沿堤行走，俯首随摘一叶茶，含在嘴里。尝那份淡淡的涩，淡淡的香。朋友说这山水美得真有些过分，不画都是画，在这样的地方，要笔干啥？还不如在此一隅独居，便是一生。说这些的时候，他又轻托起一朵未败的茶花，嗅起了花里的一抹雅香。我们近旁，夜来香含苞待放，在风里身子轻扭，好像

·静雪篇·

时间一到它就可以摇身一变,绽开那朵能用香浸透黑夜的花。

出了梅园沟,走在小城的街道,路两旁所有的店铺门口,整齐摆放着各样的盆景,花盆或许从初春放到那再未移动,以致一些蕨类从盆底下已伸展出了身子。走在桥上的时候,一些青虫也在桥上,好像它们还没有做好秋天要来的准备。灯下振翅的蚂蚱用完了所有的力气,也没能让翅膀展开,螳螂一袭绿衣,略显匆忙。沉睡了一天的斑蝥,看见桥上最亮的灯盏,飞得猛了,没有掌握好平衡,便扑倒在地,在一团光影里打转。为了不伤害到它们,我们每一步都是极尽用心地走,有人蹲下拍照,有人将手机搁在青虫的眼前,我索性跪在地上拍。截获在手机里的是秋虫这一生最后的身影。明天的它们会在哪个角落选择栖身。走在灯火通明的街上,秋雨丝丝,漫不经心地落下,朋友扯开嗓子,唱起兰州的民谣,但总觉别扭,歌词里都是车水之声,这幽静的小城其实只适合听一夜秋虫的鸣吟。

离开梅园便去往银杏古村,一路上除了河涧两旁蓊绿的树木,没有太多屋舍,矮房都是不经意从树缝里跳出。停车的地方,是一棵高耸入云长了三千多年的银杏树,树旁香案上的炉里还有未熄的香。枝上挂满着红黄两色祈福的带子,有些已经泛白。同行的人向我们介绍着这棵古老的大树,离树不远的地方,许多小摊,见有远客来,她们一边说欢迎一边开始兜售银杏果,十多元一斤。炒熟的银杏果,绿得晶莹剔透,像极了翡翠。关于银杏树,更多的是祈福求平安一类的事。有孩子不乖的时候,他们总要抱着孩子到这棵树旁祈求许愿,有的也会认它做孩子的干爹,除了银杏,也还认柏树为干爹。在听着这些的时候,我也想起生我的山村,家里有哭闹的孩子,也会在柳树上挂红条带。树木几千年了,人也生息了几千年,与自然结下的这份情结依旧在延续。凤凰山的果老洞府处有大片的白皮松,植物学家对它们做了研究,但我依旧愿意是当初蓝采和打翻了何仙姑的粉盒,才让这一棵棵松树皮肤变白,变得那般细腻。

陇南,每一棵树,都是温热的,有着说不尽的故事在风里翻飞,每一条河,都是诗化的,日夜在山间密林里低语着故事。新长的一茬麦子酿出一坛新酒,李白便醉在了青泥岗,杜甫和他的毛驴,在这山里也做过打算。这一次,沿着他们的路,走一遍,看日光跌倒的地方,数一数藏了多少新旧人异样的梦。在吴山,顺着风,梳理一片残砖断瓦的纹路,那里埋下了一个将军的梦。陇南,细数着低处的光,一片秋叶,一滴秋雨。

三叔的唢呐

唢呐一旦被三叔从箱子里取出来,就意味着山岔的某个村里又有人走了。

多年前三叔和他的唢呐,能很风光地被有红事的人家邀请,去了还能得到专人伺候,一日四席都是头碗饭,菜碟子、饭面子,香烟也抽整盒的。但如今的山村婚事,再不会有人想起让唢呐作陪。堂兄结婚有两个大音响,吼了一天的《两只蝴蝶》。城市火遍大街小巷的歌曲,不知道什么时候也占领了山村。唢呐迎亲,在这个偏远的山村已经无处寻踪,谈起来也只能是陈年往事,成了回忆里的一个片段。说完也就完了,不会有人太在乎!

山还是以前的山,沟壑还是往日模样。三叔唢呐一响,真成了天地绝唱。

白事依然还是偶尔会有人家请三叔他们这类"乐工"。黄昏,有人腋下夹着一瓶酒,很谦恭地问:"你三叔在家吗?"在磨坊磨面呢!"哦,磨面呢,我去磨坊找他。"那天天未黑透,三叔的唢呐声就在不远的河湾里响起,不一会,好几个唢呐声无疑都是朝那户人家里去了。

这一刻,他们又成了那户人家里受邀的"乐工"。乐工有的吹唢呐,有的打鼓敲锣,呜呜啦啦的声音,也能被山这边的人听见。这一刻,三叔鼓着腮帮子,指头起伏,和他们吹奏着,风里,声音一阵清晰,一阵模糊。这一刻,那户人家的灵棚前在搭帐摆席。出出进进,有人为逝者烧香叩头,有人安慰家属让节哀顺变,左下角的乐工们正吹奏着,有人进来,他们以乐相迎,一席散去,他们以乐相送。农村的白事,大抵如此。

三叔学唢呐也曾正规地拜过师,师傅离开人世多年,可三叔每年正月初一都要先去给师傅拜年。给师傅拜年无非是上三炷香而已,多年未断。三婶说:"师傅都过世了,还年年给师傅拜年,能收你这样几个徒弟,当师傅真好!"我们几个孩子也总还要打趣地调侃一下他。三叔总是微笑一下以做回应。

我喜欢欢快的曲子,不喜欢他吹哀乐,但三叔的唢呐只有在白事的场合才吹,好像他的那一杆唢呐专门是为亡人准备的,不是他在吹唢呐,而是唢呐在拉着他让他吹。一听哀乐,我就反感唢呐的存在,嫌弃唢呐张开的那个大嘴巴。

今年正月,一家人一起吃饭,吃完饭三叔便又要去邻村当乐工,又得几天。乡下毕竟是乡下,十里八乡都是熟人,所以哪家有事情,不出两天就会知道。饭桌前,我问三叔吹唢呐的人多吗?三叔说:"唉,除了我们几个人,谁还吹这呢!"我问还有人学吗?三叔说:"谁还学这呢!"吃完饭三叔就开始到家里收拾他的家当去了。

曾经朋友说,他们村里也有个唢呐手,想当年红白喜事唱秦腔、吹唢呐真是一把好手,靠吹唢呐拉扯了一家人。走到哪都是风光满满。老了后,子女不孝,儿子媳妇穿得亮堂,他一身衣服已烂得无处下针,一日三餐再不能提。但他每天总在山梁上会吹一段唢呐。他儿时的玩伴过世前交代儿子,他死后一定请着让吹上一段。儿子为圆老人的心愿邀请了他,在吹唢呐前,被一碗肉臊子要掉了命,那一杆民国的唢呐被儿子带了回去,据说第二天就被一个收古董的三百元买走了。

在西北,秦腔是苍莽山野里的呐喊,唢呐更是漫漫黄尘里铿锵的发声。可现在你不得不接受这一种声音慢慢隐退的事实,它的隐退是时代的要求还是唢呐自身的原因?这一切都已经不再重要。对村里人来说关心楼房和彩礼才是重要的。至于唢呐,谁还会放在心上?

几天后三叔回来了,蒙头睡了两天,第三天给我们讲的无非是那场白事来了多少人,尊客们都吃的是什么,他没有提他吹唢呐的事,他也不会提,提与不提有啥区别!我对三叔说你也该收个徒弟,你有师傅但是你没徒弟,你吹不动了你的这唢呐不就断了吗?三叔没有搭话,但我能感觉到他也是想找个传人的,但是难,谁愿意学?

多年后,家乡的唢呐声终会消失,我再嫌弃那个大嘴巴的声音,终究有一天也会成为一种久远且让我怀念的声音。

和三叔一起吹过唢呐的一位因病离开了人世,我知道那人曾有个习惯，每有白事他总是在傍晚时出发，被夕阳浸染过的山峦，一派苍茫，加上呜咽唢呐的悲鸣，真是人间荒凉时。这一点三叔和他是一样的，但那人每一次回来后总要喝上些白酒把自己弄醉。清醒过来后他好像没有参加过丧事一样。别人看来，他去当乐工就像自己走了一趟鬼门关。但三叔从来不喝酒，有人说那人爱喝酒老误事，但我们从没见过他吹唢呐时因多喝酒而误了事。

这一刻，我听着网络上用唢呐演奏的各类曲子，但就是没有像三叔吹出的那些曲子。我心里有些凄然，过上多少年，这种民间吹唢呐的人不吹了，他的子女们都忘了他们的父亲曾是吹唢呐的乐工，当子孙们在一堆杂物中翻出唢呐，因为好奇，放在嘴边，呜啦一声。是否有人会走过来，拿起唢呐说："看，我给你吹一段，这是迎亲曲，当年你爷爷奶奶就是在这样的曲子中拜的天地！"

·静雪篇·

斜阳里层寒密密

　　立春了,太阳还是拿稳坐在南房瓦上的雪没有办法。年却比往年早来了一天,打理完生意回到家的父母忙碌地收拾家务,父亲拿起一把锨围着一个庄转,母亲端上一盆水在屋子里各种擦洗。只有我,像父亲说的来了啥也不干,不是高看看就是低瞅瞅,好像宝贝遗落在哪似的!

　　家里的核桃、白杨以及杏树,一年多未见,都疯长了一大截,除了它们还是生长得模样,其他的一切都在日渐消瘦。最让人看着难过的是门前的矮墙。年久了,没能受住雨水的冲刷,坍塌在地。门房墙上和了麦衣的泥皮跌落在墙根,没主人了墙的薄脸皮也难挂得住,它们是面子,没有主人守候它们也委屈。加上村里已经很少有泥皮的墙面,它们也羞愧。站在跟前,我确信地知道这里有一丛丛杂草在它们身上舒展过身子,因为枯黄的尸体都还贴在这堆泥皮上。父亲一锨铲过去,泥土连同那些还在土里做梦的草根就会被清除。

我的老家，房是老房，墙是旧墙，一切都成了暮年的样子。

母亲的盆子换了好几次水，将房子里能擦洗的物件挨个过了一遍。清水才能洗尘，还真是那样。我儿时玩过的储钱罐、塑料盆景除色彩黯淡了一些，浑身都显出了一种新气。

家里的四间房是父母结婚时修建的，二十余年未能翻新，因此两间房子已不得不靠柱子撑腰，柱子哪天一岔气，房子也就要倒了！好在不用担心那两根碗口粗的白杨木柱子，我拍了几巴掌，回声干脆有力，这就说明它还健康。无论怎样，只有墙壁上的裂缝是父母没有办法的，它们无法像缝衣服一样缝补，只能任其延伸。乍一看，裂开的墙缝像房子的血管。

从一间屋到另一间屋，除帮母亲擦拭干净了一把紫砂壶之外，家里其他的用件我只是将其一一打量，再没有帮它们除掉身上那一层披了一年的尘衣。想想与之有关的事，好在家里的一切物件我都能记起它们的来由，一根塑料的箫，是上小学让爷爷在集市上买来的，那会每当逢集，死皮赖脸非要跟着大人上街，小时候上街是一件美好的事，除了人多热闹再就是还能哭着闹着从长辈那要上几毛钱买个玩具或是一袋方便面。小时候最大的梦想就是希望乡里天天逢集。

在乡村，农人的家里除了农具和一些日常用品外，再不会有太多的奢侈品。家里的四间房，两间用来储放十几年攒下的粮食和农具，另外两间用来住人，其中住人的一间也还有母亲的灶台。所以家里没有陌生的物件，包括父亲刚拿出去那把闪着银光的铁锨，它是四把铁锨里的一把。那会家里土豆多，为了方便一家人挖土豆。

·静雪篇·

父亲说:"一家四口人,吃饭四个碗,劳动就要四把锹。"但只有父亲和母亲的铁锹没有锈迹,而我和姐姐的还能看见锹面上的广告。

仔细地打量完屋里的用件,静静地站在门口,看着太奶奶手植的核桃树以及六年前父亲栽在房后已经参天的白杨,我对母亲说还是咱家,一点没变,这还是我们离开时的样子!

家里一切都是熟悉的,可不知为何,除了亲切隐隐地还有一种不安,一种难以言说的伤感。在乡里,大多数家庭的钟表不是跛子就是瘸子,有些纯粹是瞎子。我们家的是个瘸子,它一直在一个格上来回晃荡,走也不是不走也不是的样子。放了一年多,也没人想起来给它换个心脏,或是修理一下腿子。我说丢了吧,反正不走了,母亲说:"把它丢了干啥,放在那还是个物件。"邻居家的是个瞎子,纯粹不动弹。邻居说:"庄农人,其实多时候用不着表。多少年来干的活都差不多,活干完大概几点猜一下也八九不离十。"在我的家乡,如果这样看时间,就好像时间和钟表里的针一并跛了、瘸了、瞎了。

可当耳畔传来乡亲们由于疾病带来的痛苦和不幸时,不由地叫人要抱怨时间太快,太无情!晚间送完纸,和三叔一家聊及村里的事,才知道有的熟人走了,说喝酒上厕所,跌倒后就再没起来;有的人病了,脑子里不知怎的就流了一碗水,整个人就不成了;有的刚做完手术能动了,慢慢做还能给家人拾掇顿饭,这些哀事是要说的。当然谁今年在城里买了车置了房,谁今年挣得好,谁的女孩彩礼钱挣了八万。这些谈得时间最多。往往谈到这些我便会离开。都变了，一切都在不经意间变了。

晚间，我一个人坐在门前的残墙上，点着一支烟，满天星星像开在地里的金色的小花，格外别致，格外动人。晃动的星辰像一个个晃动的脑袋，在轻轻地聆听夜晚也会发光的声音。但不得不承认春风里还是裹胁着阵阵清寒，让人发颤。

不知为何，想起了儿时跟秧歌时他们唱的"毛秧歌"，我的二舅是唱秧歌的一个好手。前段时间乘着斜阳送晚，到过舅舅家，我对他提及秧歌，他说："十几年没唱了，句子忘得也差不多了。我哪天给你找个还没忘的。你们村里那个王老汉记的最多，可惜老汉就那样走了。"我说："是啊，走了。"心里猛得一酸，这几年走了的人太多，老的有少的也有。说不见就不见了，好像是在做梦。靠着二舅的记忆，借助微弱的烛光，我辑录了十多首秧歌唱曲，二舅轻哼了一些，由于那晚停电，我们好多人就在那一点烛光的炕桌前围坐。歌子熟悉，可曲调深处的孤独，让人心里酸涩。

此时，我一个人站在大场院里，身后的麦草垛肥圆着身子在我背后，同我沉默，那一刻，红着额头的山峦，好像也因心事太多，喝了几口酒水，上脸了。在风里，我看着念着。斜阳里密密的层寒涌着，我只能任其从衣袖涌进，想一想往昔，在这有声音的风里。

绕着黄河的臂膀

你晓得——

天下黄河几十几道湾

几十几道湾上,

几十几只船儿?

几十几只船上,

几十几根竿儿?

几十几道湾上,

几十几个艄公,

来把船儿扳?

一路沿着黄河,向西。是水烛摇曳,是老树虬枝横斜,是吮吸暖阳的作物,一并在秋风中与人行走。河岸旁,百年之久的水车,无须再承接河水为良田灌溉,只需静默如老者,在岁月赓续中阅览世间沧桑与新颜的幻变。一行人沿着河岸的公路绕山驱驰,只为追逐几道黄河的湾。

　　在什川稍作休憩，望着满树的梨，我终不敢如孩童时代，爬到树上去摇落那些黄灿灿的果实，怕得罪古树，只得仰头绕树走动。守着梨树的是一对中年夫妇，征得他们同意，便从坠落草丛的梨中挑选几个。咬一口，便在心里默念，又赚了，梨是梨的样子，吃到的已不再是梨，是数百年天地日月的精华。什川，南北青山做屏，刚好让冬季凛冽的西北风在这里变得不再刻薄，加上黄河从这里掉头北上，形成了这样一块山环水抱的美地，以致这片沃野终成了一个独立的北国江南，梨树也可郁郁葱葱，在数百年间向着晴空不断舒展身子。

　　从什川渡口乘船，沿水路继续向西。悠悠河水之上，心情竟变得复杂起来，因为一直居于兰州，虽每天都经过黄河的南北，但终究觉得穿梭于城市的黄河多少有些风尘气。忘了是初秋的哪天，夜晚一个人独坐河岸，透过树影拍流动的黄河，因为对岸高楼各色的灯光洒在河面上，所以拍摄的视频像演倒带电影一般，说不清道不明，河水究竟演绎着怎样的尘封旧事，一幕一幕。灯火之下的黄河，妩媚而妖娆，多情而婉约，尽显女子的风情。很多次在晴好的午后，也曾独坐河边，看向东涌动而去的黄河，河堤之处挑拣一些有着象形图案的石头，或者听会舒缓的音乐，是最好的消遣了。

　　这一刻，黄河承载着自己，自己也成为黄河的一部分，在河上，在船头，倍觉山水之间苍茫雄浑的感召之力入我心怀而来，河上秋风，时而徐徐，清荡水波，时而如召唤之手，让两岸秋树簌簌叶落。横斜耸立的山峦从平静的水面上延伸起来，像黄河的臂膀，揽怀着一切。身在黄河之中,此刻的黄河安静、祥和,朝着远方。出了这条峡谷走上数百里,黄河又会变得湍急起来,尤其到壶口,歇斯底里般怒吼咆哮。那种壮阔又是那般让人震撼。回过神来,燕子轻掠水面,午后的斜阳也在两岸的阡陌间穿行。其实与其说因地势而造成黄河各种不一样的流动姿态,不如说,黄河的性格里本身有着优柔和刚硬的两面。"秋水时至,百川灌河;泾流之大,两涘渚崖之间不辨牛马。于是焉河伯欣然自喜,以天下之美为尽在己……"此间不问黄河奔流东海,只需听黄河同自己此间一样的呼吸。因此河伯那时有着片刻的满足、幸福。这种幸福无须宏大,万川的归宿终究只是另一个命题。

在河上,水将船往前送,船将水往后推。对水不再执念便放下了水,连同两岸酣睡千年形态各异的山。我想清楚明晰石壁间生长的灌木连同一些结满碎花的绿植的名字,但有很多还是叫不出它们的名字,它们错落有致,生长在石间,在那一片天地当中,它们是主人,看着它们,我再一次将自己放在它们身下,想象一个渺小比一只蚂蚁还小的我,在那里,在那个草木繁盛的天地里,我能否一点一点沿着石纹行走或者用上多时翻越一个小小的土块。在那一片天地中,我会以怎样的方式生活,在那里,我的家又会是什么样呢?想到这些的时候,其实更多的是感叹,一花一世界,于物而言,我们只是生活在另一个世界罢了。在那里,它们也有着秩序,有着春生夏长,秋枯冬藏的生死轮回,有着属于它们的心灵结构。议论河流议论草木的同时,草木河流也无不同样议论着人类。如果说黄河有着秘密,我们此行是为了探寻一些秘密的话,这些草木也是拥有黄河秘密的，千百年来，它们成为黄河秘密的守护者，只是它们一直沉默。

  我用心地看着石缝中丛生的一些植物，有一大丛我清楚地知道，它是多年生草本状态且常绿的小灌木，木质根茎上生出多数直立或者弯曲的枝条，节间细长，被称为麻黄的一味中药。其茎味辛、苦，且性温，可发汗、平喘、宣肺利水。其根味甘性平，可止虚汗、盗汗。看着这些麻黄，似遇见了熟人一般，亲切、感动。但终究更多的只是一种回想，一种久远的记忆从心头而生。那些不曾再被想起的旧事，会因一些事物让人回想当年。原来一切都在，一切都是熟悉的事物，河流之上，第一次觉得是在回溯曾经的时光，时光深处有着曾经的少年，如果登临上岸，也用小铲子将其挖出地面，分离秆和根，晒干，等到集市有人收购时换买一些糖果。

  让我惊奇的还是在河谷地带看到久违的苍耳，大概六七十厘米的样子，身披短白毛，直立在不远的地方。苍耳，别名称其为野茄子、刺儿棵、老苍子，医学术语形容它"圆柱形，叶互生，三角状卵形，基部近心形，雌花序卵形，黄绿色。瘦果枣核形，表面密被倒钩刺，果顶有两尖，内含种子两枚。"可解表散风，除湿，通鼻窍。苍耳是让人很会有美好奢望的一种植物了，在《诗经·邶风·简兮》中写到："山有榛，隰有苓。云谁之思？西方美人。彼美人兮，西方之人兮"的一则恋爱故事。以榛比阳刚之男，以苓（苍耳）比阴柔之女。爱恋的味道，数千年来，其味不曾有变。在河谷之地，遇见苍耳，总会让人心上一颤。这种延续下来的植物，总是给人以对美好事物追溯的渴求，古人的秘密也便是在这一花一叶之间了。

一个多小时的水路之上,有岩羊回头,峭壁上站稳身子望一下于它而言是异类的我们。有山鹰成阵,在气旋中打转,俯视人间。拿手机随手闲拍,回山一个微笑,回水一个微笑,也回自己一个微笑。行于少行人的黄河一水间,又绕过一个个弯。河湾那头呢,或许有着白衣少年的新娘,迎风而立,在渡口处翘望。那一刻你定会对山而歌:

我晓得——
天下黄河九十九道湾。
九十九道湾上,
九十九只船。
九十九只船上,
九十九根竿儿。
九十九道湾上,
九十九个艄公,
来把船儿扳。

春风絮语

春风朝着不同的方向吹起，柳的心事被剥开，毛茸茸的，在黄河流过的渡口翩然而舞。这样的春，心事也如絮状的柳绵，轻而柔，缓而慢。

丝丝的凉风拂着脸颊，阳春三月，适合一场漫无边际的行走，曾皙云："莫春者,春服既成,冠者五六人,童子六七人,浴乎沂,风乎舞雩,咏而归。"古人将春月与知己的行走看成一种志向，这种行走没有目的，这种行走是一种散漫的诗意，有歌有舞，说说彼此心里的话。很多时候，我们只是孑然一身，更多地喜欢一个人行走，想自己的心事。纯粹走走，也无须知道脚步在哪停。

沿河漫步，纸鸢少了，天空显得更加空旷。河岸依然是往常模样，人多而凌乱。有的翻寻脚下的石头，有的将渔网撒向更远的河面试探，说不定会捞出数尾黄河鲤鱼，我也想知道撒网的人能否捞出鱼来，竟在石凳上坐了下来，好几次，网里都是一些垃圾，不打算再看了，撒网人又拉起了网，站在旁边的小孩欢呼着说："鱼，有鱼。"可自己始终没有看清鱼在哪，直到撒网人将一条如泥鳅般大小的鱼小心翼翼放进桶子。真是有鱼的，自己也笑了起来。路过的人觉得这样做没有意义，说不如买一条大活鱼，简单轻松、省时省力。撒网人说过程比结果有意思。继而无话，又撒下了网，河水将网慢慢地收了进去。

依旧朝东至中山桥，羊皮筏子依然在河畔最醒目的地方，为游客拍照的摄影师不断问询来人，"照相吗，照一张做个纪念？"我微笑一下摇了摇手。摄影师便又问其他的路人。好多也和我一样，但摄影师并没有放弃揽客，还是一边拿着照片，一边用同样的话问其他的路人。每一天他们这样重复，不知道同样的话要说多少遍才会有人照相留念。想想自己，也只是在不同的位置上重复着一样的事，生活就这样，太多重复，只是方式不一样罢了。我们生活的意义其实也是在这些重复中体现出来的。

兰州的背街小巷整治后，为数不多的书摊也搬远了。去书摊找几册书闲翻，算是一时兴起吧。不一定会有收获，能在一堆旧书中翻出一册自己梦寐以求的书籍，那便是最好的。就算没有自己喜欢的，也不失其中乐趣。至少可以心存一份惦念和美好。这种期待往往让人相信美好是会在某一刹那间不期而遇的。记起朋友说，一切的美好，都隐藏在不经意处，事先安排或提前已知结果，生活中就会少掉好多的乐趣与美好，所以美往往也是瞬间的，意料之外的收获才会给人带来惊喜。

徘徊、驻足，三月的一天用这样的方式度过。乘着斜阳回家，逼仄的公交车道中，一如往常般人多，并没有因为周末而少些出行。靠窗闲翻购来的书，书页上跳跃着"临水照花人"的往事。几个字就已觉得适合此刻阅读，姐姐的少女时代，也是将一些花草插进瓶子，搁在桌上静心观赏；或将糖纸夹在书中，在太阳下看光透过折射出来的不一样的世界，那时，他穿着碎花裙子，扎着两根让母亲梳了又梳的小辫。往事历历，但毕竟也是远了，只能从记忆里偶尔打捞。而今剩下的无非就是生活中那些磨人而又纷杂的琐事，从琐事中抽身，循着自己内心所欢喜的事情，已是片刻的完满了。

每一缕春风，也是你的一缕缕心绪。有着花开，有着一瓣瓣馨香！

呼吸篇
JING·XUEYUHUXI

明月夜

二十四桥月色里

你并不潦倒

照出一瞬影子

连同盏盏灯里的自己

一袖词　注上韵脚

还与月色

你说

有雪落下的时候

依然是虚空

会有掬饮月光的人

沉默路上

那些事物不再重要

熟悉花开的季节
花很盲目

在这样的深夜
轻启一扇窗
斜月进来
轻柔的凉从此只进不出
遮住你冬天
——渺远在楼外夜的心跳

在风中

是这三千雪花下的三千光阴
让少年的梦里有阳光相续
黄昏在小径深处枯叶铺满
饮酌月光的人儿
今夜你是否又一次走进小小古城
文字斑驳连同心事细数

在风中
落日如何按捺
眸子里最古老的弦
让这一片云
隔着山隔着水
连同你我

在风中
不再走近张翅的蝴蝶
暮色里只想一次自己
灯影抚慰大地
是月　是星
是你不曾苏醒的梦

水鸟离开水面

河面徘徊　完成短暂的停留
抖开翅膀遗忘水面
天空成为新的旅程
是使者
是无家可归的浪子

我和你们一样
爱白色的云
爱冬日里还未垂落的枯枝
我们深深明白季节的秘密
只有足迹没有名字

有一刻
我们厌烦星辰又沉醉星辰

从一处到一处

飞起又飞去

只选择将自己遗忘

沉默之梦

撒下梧桐摊在地上的梦
无人无痕也无声
我在十一月空抚杯盏
任凭冷雨垂落在手指之外

拈花人?何不拈住这雪
我们彼此靠近
我从你梦中醒来
或你从我梦中进来
一并斟酌身后留痕的脚印

七 月

月光离你不远
书岸稳靠着灵魂的渡口
看深处桨声　灯影摇摇
是你的苦难　你的出路

窗前虫吟声声里
就留下青黛烟波横
留下桃签菊笺
只想那霏霏雨雪里
有你的归人

长河落日圆，圆了再圆
策马人在此轻过迷离
终究还是惊扰了恬静安稳的鱼

移向更深的渊

七月
缩短光　缩短轻声低语
只让风挤着你摇晃
书页翻开
是墨痕深处雪中的泪

深夜,虫鸣

秋虫鸣吟
薄墙外的黑夜里它也害怕
所有的声音都成为碎片
自己也终将成为碎片

从白天而来
俯身再猜疑一次宿命里的无名无姓
押上词语
押上三两行秋雨
花开一朵的时候
注定匆匆上路
来不及允诺
——舞者已老

说风散了

月光下影子很慢
花间声声里总有一声
来自心头怨叹

绕圈生长多年
绕出命里多个不可或缺的圆
不规整的圆

停顿的刹那
你忘掉千万绿叶繁花盛放

月光下你也很慢
说风散了
你从远方归来

开始冷冷清清

开始寻寻觅觅

今 夜

今夜你会在谁的影边坐下
空出一滴泪
听心声彻夜不眠

今夜你会如何选择
躲开喧闹双手不再颤抖
只用文字抒情地呼吸

今夜
你说墙围起的地方都叫疆域
适合墙里种一遍自己
每天一遍

只要愿意

只要愿意　雪会替你回答
灯火轻落哀伤
让一些词语，笔尖摇落
让一些旧物，影子微斜
你深埋的记忆便帘幕轻揭
连同月光寂静中醒来
只要愿意
再温绿酒
一并写下雪花

接受吧
古老时间里也要接受寒夜
没有答案也无人回应
至少风里
有过一样的歌唱

孕 育

所钟情的事物都埋在纸中
你才说纸上还乡
要听一声鸟鸣鸡啼

静一些　慢一些
街道上容下身子
也容下背后的暗影

城市的夜
寒意深处归人不再
田野上难以长出庄稼大片
只剩车鸣的碎片
水泥钢铁在草木上站起

没有星辰的夜
日子是真正的天高云淡了
城市铺开
又一种生命以歌声交谈

走过一条街续上又一条
这样的夜
只是想有人把我提醒
你久盼一场大雪会从梦中醒来
——明白春天

·呼吸篇·

深藏的轻柔

城市,不缺光与灯火
黎明同黄昏渐成久远的事

从一盏灯到另一盏灯
你可以说灯火阑珊
但阑珊灯火处不再有她
千般寻觅
你舍不下那曾过女墙的影

城市,拥有更多的光
却无法拥有睢鸠鸣吟
天欲雪是一年最好时令
人间山里万户封侯
却也无关　却也无益

脚步凌乱在通明的景中
寻梅人说留下这足印串串
好有人来轻叩柴扉

城市,不曾少掉光影凌乱
归去的路不再只是一条
十字路口重复
散发出一样的气息
你不能在这任何一处
抖落怀里深藏的轻柔
那里烟雨杏花
那里淡月啼鸦

·呼吸篇·

秋日印记

深秋明月里
还有一朵未曾凋零
你定会移入花笺写下思念
印出昨夜江楼上的白衣翩跹

你说情思万种思念万种
最后都要有归宿
风中结穗纸里成活

一生该有多少忧伤
年轮里并没有痕迹

江岸驻足
让河水再一次穿过身体

涛声是昨天的悲伤
方向中有着凌乱的匆忙
风起了，风中已无穗

滴雨之忆

一滴　两滴
轻落在没有屋檐的城市
秋到尽处该忘掉没有抽穗的小麦
忘掉没有庄稼的田野
空空荡荡
连同往事中不稳的路

那一年宋朝沧桑
季节摇来移去
秋天也被推搡在身边
西风中只剩芦苇喃喃自语
说着黄昏

一滴　两滴

·静雪与呼吸·

雨里是怎样的昨天

凫水的鸟江面上掠过

没有停顿

在天池

它在高枝远眺黎明
它在高枝守望远方

此刻翅膀埋掉
化去骨骼
天上的池就这样碎在人间

化去梦想
化掉血液
夕阳送晚只和一朵莲共坐
不言不语
都是天山的客
奏着西王母瑶池的歌

鲫鱼山

鲫鱼山
握住雨落屋檐的往事
千里之外不再有野马嘶鸣
戈壁上蓬蒿任性生长
丝绸的路多么柔软
风过处
容易忘却这也是刀光剑影的舞台

鲫鱼山
石面人用同一个表情沉睡
太阳醒来的地方是消息

鲫鱼山
只有一个春天
绿芽颤动

·呼吸篇·

那年,定西

行走地上的人
装着比心小比天大的
生老病死

一堆黄土
长出麦子高粱
长出奔跑的人
一茬茬黄土里出来
黄土里进去

忧 伤

放不下忧伤
如何诉说前世
桃之夭夭,灼灼其华

放下忧伤
三月的深夜
桃花遍开在所有的城
今生青苔湿梦
燃一支叫小二黑的兰州
桃花下说自己忧伤几瓣

相信你与桃花相同
一样深爱三月
几滴雨　几行风
月光下便可忘了伤心的事

关于春天

春天，平仄的街上长满樱桃
河流迷人
优柔的风脚步轻轻
说什么都不好
不如些许茶水让瓷碗温暖

春天，该有多少不期而遇
燕子坐北朝南
最好说你的柔情似水
梦是蔓上又一粒新芽

不念不说
不用想纸里的疼
那是炊烟飘起，麦子怀孕

低 语

忘了来时的路
石头的命给谁留
从此河水低语
绿叶不说
爱情成了体肤上抹不去的刺青
玫瑰？玫瑰
未来的日子
各自开各自的色彩

想　法

一边撕裂自己一边重塑
掩饰中的影子
是在暗处的我
选择袭击或隐伏

圆是一种习性
方是一种习性
日子被补充填色的时候
欠下水　赊下光
生活里勾勾画画
可靠又不可靠
——真实

残本《红楼梦》

打满盗洞的纸上还有文字藏身
光影深处它们是胆小的样子
让人不忍翻动

瞥一眼
说是楚狂人
不为五斗米折腰
但它们已没有太多气力

我跳起来
说它的身世
来自民国
之前遭难的一场火

·呼吸篇·

然而我没有勇气说来自大清

那个午后还完整

曹雪芹在它身上锁眉寻字

给远方的自己(其一)

秋雨俯身在黄叶里
守候着一个季节

远方
远方还有另一个自己

在深夜,让我学会表白
不说悲伤,不说迷失

时光里我们再慢些脚步
沉默在琼枝上的云
定会有歌声
轻俏地从我们生命走过

给远方的自己 (其二)

黑夜，灯盏在街头
在无人的角落
在空白的纸中

灯盏从来都没有走失自己
起起落落
只在月光下徘徊

这一刻是师大的校园
唐诗宋词
把你温热的酒借我
我就可以幸运地遇见自己
带着微笑和你并排
走在一起

滴雨下

从一滴雨到另一滴雨
有人楼上说愁
掀不开帘幕重重
良人未归
被谁望见
说她夜幕下的思绪比雨还乱

从一滴雨到另一滴雨
有人关心芭蕉
有人顾念枫叶
几行零落的残曲
一筝一弦化作柔指相思

从一滴雨到另一滴雨

唤住江畔的你

灯火顺着墙

——拆穿夜

秋天能说秘密

秋天果实可靠
泥土一样
沿小路的人走进了树林

秋天能说秘密
只有影子不顾方向

说点什么谈点什么
落日在河面上滚着
像愤怒的马跑过战场

戳破可靠的黄昏
可靠的晚风
我和多数的人一样赶在路上

·呼吸篇·

回或去
多么可靠

流浪者继续流浪
深夜墨色中躺着自己
风声遥远

时间是一匹白马
骑马的人在环顾左右

小鱼儿

鱼儿
鱼儿
水里一定藏好自己
快乐了吐串泡泡
不开心了扭一扭屁股

话还是埋在肚里
太憋就来个长长的便便

蝉 鸣

云烟在风里
静池中有打坐的莲
潇湘斑管谁会紧握
留住这低处的光阴

夏天有人打点行囊
东去封侯或者北上牧牛
一步都紧着一步

余热躲在虫的翅膀下
因为叫声有人喊价
因为叫声有人出价
但我们从不关心虫吟源自疼痛
只需要
溪前蹲下看着自己

月亮躲在屋后……

月亮躲在房后
夜里唯一的亮被蚊虫擒获
绕灯欢畅

这样的夜
适合摊开一页页书纸
看密密麻麻文字的尸体

索性猜一猜蚊虫的心事
展翅的目的

在鸳鸯镇

月光迟成深夜花开
鸳鸯镇没有鸳鸯
只有祁愿化身的鱼

远山深处曾有苦涩的断章
屋檐下的雨燕
麦田里传唱着歌谣

鸳鸯镇的青瓦下
六月的心事在土里
又一次开花结果

多年后

奶奶走了
连同她的猫也走了
变化的日子
我只能接受绿叶枯黄

小小的石泉
我们只在土里洗澡睡觉

多年后
我和父母也走了
没走的是那矮墙的院子
风里沉默

黄鹂心事

河面上，春风的袖子
摇醒一只南方的水鸟
落日便化成水中娇羞的新娘

春天
我写下蚂蚁连同舞在枝前的蝴蝶

想起你
又该用怎样的词语书写
让我们初识
想到你只能想到一瓣花
枝丫上轻轻在颤

写在蚂蚁醒来的门口

酣睡了一个冬天
春雪,会是门前过客

醒来触碰下春天的风
你的触角明白
爱情比浆果甜蜜

在春天需要这样的方式遇见
有着花香的春
撷走一株刚醒的草芽的梦

寒夜短歌

藏好一切词语过冬
空出纸张留下横线绝望
咬牙切齿的风流浪街头

寒夜是一首短歌
灯,侧身成一个个熟悉的汉字
你所经过的地方宾馆活跃
它眼睛放电好让所有的人相信
——那就是家

深夜灯光清醒

深夜灯光清醒
段家滩巷道里有木炭挣扎

扛走一个鸡腿
扛走丢魂在秋天的白菜?
深冬和初春?
只有脾气倔倔的风直穿巷道

一截木头发芽
不会有人关心
浸在汗渍中的纸币
油腥沾满
塑料袋再次盛下
黑夜里所有的辘辘饥肠

夜色下我写不出月的歌

夜色下我写不出月的歌
我只乐意在平方米数为八的房里
独对一盆绿萝
撒下水一样的文字

城市的灯亮着
风没有停
我清醒在白天走错的路上

夜色下我写不出一首月的歌
在鱼缸前
并不一定听清鱼吹泡泡
我只需再扔下几粒文字

空白的纸上
像投给自己几粒鱼食

敦煌歌吟

驼铃摇响

风沙中梦的行程被记写

唐砖汉瓦，残卷旧经

俗世的老路铺了又一层无辜

壁画依旧琵琶反弹

千年恩怨终为纸上的宿命难清

是谁的繁华

飘摇成风里一叶瘦成埃土

狂饮西风的人

就从阳关出走

走一回梦里江山

走一回天高水长

留下身后梵音阵阵
佛的叮咛

一盏茶中打坐
一炷香里完满
这一生
你说是轮回还是因果

·呼吸篇·

她

如何写下有你的文字
猜猜心事
有风会在窗台趴下
听全你我深夜的对话

此刻
是弦月消瘦
一脉泉的苦涩

芦苇一生执拗
害上相思的季节
注定半生流离

捏惯一支笔

为爱情着色太难
不如替一粒沙一片草叶
咳嗽几声

城 霓

城的霓光盛开
在指尖上飞舞、轻荡
高脚杯有酒沿着壁摇晃
酒令声声
跌倒了笑和饱满的乳房

窗外是熟知的秋天
这命里最后节令
正集结风在靠近黄河的码头

一纸兰州　黑兰州
燃成一缕缕苦不过生活的青烟
纠缠，绕着灯盏打转

此刻,流浪的艺术家
碰杯的女人
在酒的对面坐稳猜拳
偶尔耳根贴起
谈说方言里的秘事

城市所有的景在她的衣袖里
捏惯一杆笔的穷人
不能喊拿酒和她
季节深处
一片黄叶同一朵走错季节的玫瑰
谈黄说红
正常也合理

一条鱼儿走了

一条鱼儿走了
浮在水面上
像裁剪下来的红纸碎屑
一条鱼
还摆着屁股
掀翻缸里一块石头

昨天它们还在一起
对水面吹着泡泡
好像很熟的样子

一座城里

汽车彼此为路争论
粗声的言语摇晃
在天空中撕扯各自的脾气

流浪的词语

借助黑夜的掩饰
容那些走在我眼里的词语
教会从容和执着

我不是诗人
可我愿像诗人
学会行吟　学会在一盏灯下
空出思想将自己真实地交给黑夜

这一刻
风扇蛊惑周边的空气
风散开的瞬间
有水深火热挣扎里的故事

三　月

隐忍了一个冬季的芦苇
吐着舌头
将再一次和春天互为知己

那棵老树
经过了春风的允许
它才不再羞涩
扭转腰身修剪指甲

认识一株新的麦芽
需要从泥土上走过

落雪有声

风声遥远雪声近
窗前的菊吐着信子
独自开,这是她生命的始终
"为底迟"　只有黛玉才问
用季节回答季节
怎样的问答才能让人不害怕

这场雪下完
太阳会开始发话
说不再健忘
只是开始遗忘
一些低语　一些挽歌
或许只有让雪落在纸上
才能作为最后的回答

子卿(其一)

今夜你管着风琴
拥有诗章
天空散步的月亮
不再把云朵翻看
只把影儿一抹抹投在有你的窗纱

多少个时日
我们都等你
我们会在时间背上
相互挤眼

子卿、秋祺
两瓣如莲花的名
一同把你举高

子卿（其二）

深夜我们将你等来
阿芙洛狄忒为此走出花园
走进了有你的诗行
老橡树的故事多想一并地说出

小手大眼睛
双眼皮胖脚丫
微风低语处
蝴蝶起舞
会是你明天在小路上
砸吧小嘴望着天空

秋夜风微澜

虫子开始忧虑最后的行走
一次离死亡不远永恒的流浪
秋雨几夜
天空心率失调
霜的话就这样硬
说在了明处

叶子的肋骨不经意折掉
麻雀瞪圆眼睛学会听另一种风声

秋夜晃动
借助灯光掀动一些文字
试图让一粒粒文字变得温暖
让我可以欢欣地听见

·呼吸篇·

星星在今夜的哈欠

是幸福是完满

走在雨天

这一刻
我将一些破旧的词语丢弃
如同倒掉一些霉变的垃圾
那些侥幸残留的句子
你们别开心过早
我不会再给你们饮一瓢爱情的水
那些被爱情蛊惑的
此刻如同裸露出委屈的指头
可怜精神没有依存的天地

这一刻,我把它们都掷投出去
毫不客气,别再求情
连同爱情,以及谎言虚伪的呐喊
此刻,细密的雨足以淹死

·呼吸篇·

一些被爱情挟持的词语

并救醒一个即将垂死的躯体

一颗星不为黑夜所知

一颗星不为黑夜所知

选择夜空成为一生的空等

星的心荒芜且单薄

在银河的码头上没有一生可渡的船

喊一嗓子吧

把不为黑夜所知的泪和微弱的光

化成细长且短暂的悔恨

刺痛黑的夜空

让那出卖灵魂的夜

从此不再安宁

让风吹也让云聚

四月,断章

柳絮慌张地乱撞
你总会看清
一棵树比一个女子的心思
更要柔上三分

含笑吧
春天的花
她把心里所有的甜
都透露给了蜜蜂

送出歌声的微风
吹出黄昏里久远的神话
悲伤或是温情
这一刻,都在纸里咬牙切齿

纸上还乡

注定漂泊,归宿是远方的流浪
流浪更远的天空
丢掉身后的泥土芬芳
连同血液里隐秘的伟大

该放下自己
该放下天空　放下泥土深处的血液

这一生
你终究抛弃田野
抛弃春生冬藏的无可奈何
学会无可奈何
一次又一次纸上
——还乡

五月,我们终以我们

五月,与江水斟酌
共想一位钟情香草的诗人
浩浩风声下
你该如何细数哀伤
认清脚印未被遗落

那一刻,河水是你柔软的孤独
风吟处,不再只剩草木描摹踪迹

在江岸,我们隔着莲花处处
莲花处处,处处莲花里是你

多想在含香的草木中藏下身子
连同明月下无韵的断章

五月,我便以我
怀香芷,也佩兰桂
五月,我终便以你
选择生命飘落而非流离

五月,又该以谁
对一株兰草许下心愿
——簇拥春天
自此拥有人间雨雪
拥有草木召唤
连同沉默的山间也可沉默
疲惫行者的苦难

在江　在河
在每一处有泪的角落
我们终以我们

·呼吸篇·

枕一涛悠悠此心
于每层水的纹络里
不再隔着因缘
不再悲喜
不再遥指乡关是别离

默 念

风走过你

你走过风

异样的梦里需要彼此交换身体

才能看清所有的路

当我默许下空山之处有弦音

你是否打开了窗

迎接一只白鸽子

从此坐定一朵云

叫家

温柔里的歌

在水之湄,有心事蛰伏
如果温柔地梦见彼此
秋天便会多出一行诗一行美

在这还能爱的季节
你看我,我看你
我们用一树树的金黄等待
等待到小小心里没有忧愁
连同等待深处的燕子
无法再去阐释比快乐更快乐的歌
山水一程,会有怎样的词语
让江水温暖桃花盛开
从此我拥簇你的名字摇曳

·静雪与呼吸·

写下爱的时候
我们已经爱了很久
以至于秋天已从树上撤回了身子
爱的时候
我们还要盛接住冬天牵手而过
听清温柔里的温柔

秘 密

躲起身子的阳光
连同叶子一并倾落下来
总有那么一刻,你同树木并立
听清秘密
听清所有的秘密承接着秘密

在春时

一

在春时
在半轮月亮下秘密交谈
连同一片新生的叶子
——起舞

三月,柳的心事洒落
会是诗句被裁
梦里有新雪的断章

是絮,是雪
是谢道韫门前久立
原谅了季节深处痛的新生

二

在春时
我无数次设想，
可以设下美丽的陷阱
叫秋天

在春时
会有明朝落花
落成心头痣
连同你笑声十里
遍开了所有的季节
在地　在心
在追梦人落满星辰的路上

此刻，我会想你的美

你的遥不可及
伴随春之悲喜
在人间四月
亲近泥土,连同那棵老树

三

春时该着新裳
用活水烹茶
该读《红楼梦》
这长眠的梦
没有眼泪

在春时
你说梦里花开会有时
树枝上多起虫鸣
多起月光轻柔照着身影

·呼吸篇·

裙裾,会是怎样的三月
烟波横斜处
醉舞又一季桃红与梨白
纷纷于一盏古瓷碗前
跌倒季节里甜的青春

在丽江

你该是一朵云从山那头醒来
掩住最秀丽的古松
垂落心里最柔的泪水
或者纯粹一身

屋檐处那片素瓦是你
承接住所有身影的余温
最后留住青苔同你默契

古城里侧过很多个自己
不需要轻声问候大声惊叫
多少次深刻
便是多少次无处可寻
忘记自己捞出自己

·呼吸篇·

雪山之下
你不比一粒沙有更长的路

撇开那远处繁华
角落里是一位女人
垂泪两行围裙轻拭
没人能懂的语言一并撒下

是小窗处，瞥见花笺有痕
她饮啜杯里最后的清酒
是纸，是你不曾清楚的心事
塞进了信封，连同街角的风

古城深处

你依旧还需抽身
走出这异样同根的客栈
听莲　无莲
只是灯笼身有印痕

还不打烊么
你小心翼翼地说出

喝杯茶吧
既来之则安之，像我
你从别处来
我从别处来
别处，依然有明月，街角有灯

·呼吸篇·

在古巷,你不需要语言
只需要脚步再往深处
你喜欢在斑驳的墙壁处伫立
回想久远的事
有着呼唤
有着你不可及的心事

弦上无声

弦上刻意接受一次
指尖的行走
角落灯盏里
说我们不为人知的身世

在路口
裁开一些词语确认自己
听星辰秘语窃窃有声

弦上下来
认清一朵花
垂落起古意深处言语尽失的
——柔情

你的马

只有你才敢和它较劲
和它斗脾气
时而你赢？时而它赢
你从它身上迎来你要的生命？
你要立起那一股烟火

你开心，就给它搭鞍戴花
牵着它走一趟
你不开心，套马架犁
死命地把深土翻出

它，开心了嘶鸣
生气了多几个响鼻
多少个日夜

它，连同他们
赚足了你廉价的眼泪
……

很多次，我想骑你的大马
现在，只想我们一起牵绳

·呼吸篇·

写给爷爷

有你年轻时所有的骄傲
骄傲的还有那头被你惯坏的驴
倔着脾气　同你折腾土地
收获麦子和豌豆
麦子养命　豌豆换命
换来的命你说要叫他宝
宝好啊！
好啊就押上自己
连同你的女人一并押上

有宝了
终于有了你最值得炫耀的资本
就算马被称斤　女人先走
你只负责逢人便说

看,我的宝 我的宝,看

多年后,宝长成人形
你被你的宝开始围攻
围攻你的沧桑
围攻你多年的炫耀和骄傲

身子佝偻 苦泪几行?
多年后只能手握斧柄
靠近无人过问的木头
一斧一斧地劈
劈开木身
你也劈开拧巴了一生的自己

秋风真疼
疼的风里

·呼吸篇·

嘶鸣不再　女人不再
你自己也已不再
只剩横斜屋檐下的柴
湿了　干了
干了　湿了
……

四月的流觞——桃花劫

撩开夜的衣衫
用星星的眼窥见你失落的爱情
望见桃花跌落
我镜前俯身
拾起已是千年

梦该用月光缝合
桃红的泪
绣成了镜上的花

月的肩上我呼喊一声
从北到南的万水千山
都已透过

·呼吸篇·

楼兰城阙
唤你一声梦里的新娘
桃花林间的羞涩
那是
西子哭了
黛玉哭了
——都交付给了四月的花树
哭了

爱情的样子

冬天的文字
是雪的笑颜
雪是天空轻柔的话语
此刻　记起诗人的话
得在你的晚脸前诉说

·呼吸篇·

想说好多……

想说好多
可失哑的言语不能再说
轻轻地
终究让悬在了隐秘的风中

想说好多
如水的忧伤与喜悦
就做个标签偷藏进笔记

想说好多
一听见是你的名字
便不得不将头埋低
陌生地与自己偷偷交谈

·静雪与呼吸·

想说好多
当你在窗前
我终究是躲在了夕阳
静静地羞涩

春天第一首诗歌

风吟起春的诗篇
素静的花擦下额上的汗
静静地吧
蜜蜂的吻是那样温甜

今夜
你该是在玫瑰的花园
披我月的衣衫
看萤火秘密地欢欣

距 离

脚步放慢走向人群

试图我们彼此熟悉

一座桥成为雨天和晴天的界限

在乡间

可望婵娟可数星辰

城市多需要留意身前身后

心头的隐患

释卷

恍惚中鸡鸣三声醒了白天

事实却依稀车鸣声声

这多么不安的真实

走多远才算距离

月光爬过的泥墙也翻过身子

·呼吸篇·

柳树　柳影
都长成地上的根
只是那刻
爷爷揭起井盖打了满桶月光

桃

放不下忧伤　放不下三月
桃花起身在风里
她不懂词语
便也不去说桃之夭夭

放下忧伤　放下三月
熄灯的夜里又说桃花
所有的城它们遍开
但所有的城对谁又都为异乡

难诉前世今生已然
此刻，青苔湿梦
也该说说自己忧伤几瓣
无风无雨无情

·呼吸篇·

相信你同桃花相似

深爱三月

几滴雨,几行风

月光下便可忘却伤心的事